Conjugaison française

DANS LA MÊME COLLECTION

Grammaire française, Librio n° 534
Conjugaison anglaise, Librio n° 558
Le Calcul, Librio n° 595
Orthographe française, Librio n° 596
Grammaire anglaise, Librio n° 601
Le Solfège, Librio n° 602
Difficultés du français, Librio n° 642
Vocabulaire anglais courant, Librio n° 643
Conjugaison espagnole, Librio n° 644
Dictées pour progresser, Librio n° 653
Figures de style, Librio n° 710
Mouvements littéraires, Librio n° 711
Grammaire espagnole, Librio n° 712
Latin pour débutants, Librio n° 713
Formulaire de mathématiques, Librio n° 756
300 proverbes et expressions, Librio n° 757
Le Dico de la philo, Librio n° 767
La Géométrie, Librio n° 771
Le Mot juste, Librio n° 772
Chronologie universelle, Librio n° 773
Chinois pour débutants, Librio n° 823
Apprendre à apprendre, Librio n° 831
Vocabulaire espagnol, Librio n° 842
Apprendre à prendre des notes, Librio n° 999
Apprendre à réussir, Librio n° 1003
Apprendre à réviser, Librio n° 1004
Apprendre à rédiger, Librio n° 1012
Je déchire au lycée, Librio n° 1119

Conjugaison française

Nouvelle version augmentée

Inédit

Sommaire

- 1 -

Les principes de base de la conjugaison

La conjugaison est l'art de décliner un verbe à tous les modes et à tous les temps.

I – LE VERBE

1. Le radical et la terminaison

Dans un verbe, on distingue le radical et la terminaison, tous deux variables.

Le radical est utilisé pour tous les temps simples, excepté le futur simple et le présent du conditionnel, temps pour lesquels on ajoute les terminaisons à l'infinitif du verbe (pour les verbes réguliers).

2. Les 3 groupes de verbes

Selon qu'ils appartiennent au 1er, au 2e ou au 3e groupe, les verbes ont des terminaisons différentes :

- Les verbes du 1er groupe se terminent par ***–er*** à l'infinitif.

Ex. *chanter, danser, marcher*

- Les verbes du 2e groupe se terminent par ***–ir*** à l'infinitif et ***–issant*** au participe présent

Ex. *finir* (*finissant*), *haïr* (*haïssant*), *réfléchir* (*réfléchissant*)

- Le 3e groupe comprend tous les autres verbes ; ils se terminent par ***–re***, ***–oir***, ***–ir*** à l'infinitif et ***–ant*** au participe présent.

Ex. *prendre, voir, partir* (*partant*)

(Voir le tableau récapitulatif des terminaisons régulières des 3 groupes.)

3. Les verbes transitifs et intransitifs

- Les verbes transitifs directs se construisent avec un complément d'objet direct (COD).

Ex. Il *croque* une pomme.

- Les verbes transitifs indirects se construisent avec un complément d'objet indirect (COI).

Ex. Il *se réfère* au livre.

- Les verbes intransitifs n'admettent pas de complément d'objet.

Ex. Il *louche*.

4. Les verbes impersonnels

Les verbes impersonnels sont des verbes dont le sujet ne représente ni une personne, ni un animal, ni une chose définie. Ils ne s'emploient qu'à la 3e personne du singulier, avec le pronom *il*.

Ex. *Il neige. Il faut* que je sorte.

5. Les verbes pronominaux

Ils sont précédés d'un pronom personnel réfléchi de la même personne que le sujet.

Ex. Je *me lave* (se laver). Tu *te peignes* (se peigner).

6. Les auxiliaires

Deux verbes auxiliaires permettent de former les temps composés en perdant leur sens propre ; ce sont *avoir* et *être*.

- ***avoir*** : il est employé pour conjuguer la plupart des verbes aux temps composés de la voix active.
  Ex. Elle *a* envoyé une carte de vœux.

- ***être*** : il est employé pour conjuguer, aux temps composés :
- certains verbes d'état et de positionnement
  Ex. Elle *est* devenue agréable. Elle *est* restée chez nous.
- tous les verbes pronominaux
  Ex. Elle s'*est* coupée au doigt.
- tous les verbes à tous les temps de la voix passive
  Ex. Elle *est* blessée.

II – LES VARIATIONS DE LA CONJUGAISON DU VERBE

Les verbes varient en personne, en nombre, en voix, en mode et en temps.

1. Les personnes

On distingue trois personnes :

1re personne : *je, nous*

2e personne : *tu, vous*

3e personne : *il, elle, on, ils, elles*, nom propre, groupe nominal...

2. Les nombres

Ce sont le singulier et le pluriel.

Le verbe s'accorde en personne et en nombre avec son ou ses sujet(s).

3. Les voix

On distingue deux voix :

- la voix **active**, où le sujet fait l'action exprimée par le verbe
  Ex. La petite fille chante la comptine.
- la voix **passive**, où le sujet subit l'action, faite par le complément d'agent
  Ex. La comptine est chantée par la petite fille.

4. Les modes et leurs valeurs

On distingue six modes.

Ils indiquent les diverses manières dont le locuteur présente l'action.

a) Les trois modes personnels :

– **L'indicatif :**

Il présente une action réelle, vraie, et la situe dans le temps.

Ex. Je *travaille* à Paris.

Remarque :

Le **conditionnel** est souvent rattaché au mode indicatif. Cependant, dans les tableaux de conjugaison des verbes, il sera isolé.

Le conditionnel présente très souvent une information incertaine ou imaginaire.

On le trouve aussi :

- dans un système hypothétique, combiné à l'imparfait de l'indicatif.
  Ex. S'il faisait beau, j'*irais* à la plage.
- dans une atténuation (par politesse).
  Ex. *Pourriez*-vous m'aider ?
- après un verbe au passé, pour indiquer le futur du passé.
  Ex. Elle m'annonça qu'elle ne *viendrait* pas.

Le **conditionnel passé** présente une action irréelle dans le passé.

On le trouve aussi dans le système hypothétique, combiné au plus-que-parfait.

Ex. S'il avait fait beau, je *serais allée* à la plage.

– **L'impératif :**

Il exprime un ordre, un conseil ou une demande.

Ex. *Révise* tes leçons. *Prends* ton parapluie. *Prête*-moi ton stylo.

L'**impératif passé** présente une action antérieure à une autre.

Ex. *Aie révisé* toutes tes leçons quand je serai de retour.

– **Le subjonctif :**

Il présente une action possible, simplement envisagée.

On le trouve après des mots qui expriment une obligation, un souhait, un sentiment, un doute, une restriction…, suivis de ***que***.

Ex. Il faut que nous y *allions*. Elle demande que tu *viennes*.

Ex. Je suis contente que tu *sois* là. Je ne suis pas sûre qu'il *puisse* venir.

Ex. C'est le seul ami qu'il *ait*.

Le **subjonctif passé** évoque une action antérieure à une autre.

Ex. Je suis déçue qu'il ne *soit* pas *venu*.

Les **subjonctifs imparfait et plus-que-parfait** appartiennent à la langue soutenue et sont utilisés en concordance avec des temps du passé.

Ex. J'étais déçue qu'il ne *vînt* pas.
Ex. J'étais déçue qu'il ne *fût* pas *venu*.

b) Les trois modes impersonnels :

– **L'infinitif :**

Il est le mode qui ne porte ni l'indication de nombre, ni celle de personne.

Ex. Que *faire* ? Ne pas se *pencher*.

– **Le participe :**

- **présent** : il est invariable et exprime une action non accomplie et simultanée par rapport à une autre.
  Ex. *Dessinant* et *peignant* admirablement, il devint un artiste réputé.
- **passé** : il est variable et s'emploie seul ou dans une forme verbale, combiné au participe passé. Il exprime une action accomplie et antérieure à une autre.
  Ex. *Surpris*, il sortit. Il fut *surpris* et sortit.

– **Le gérondif :**

Invariable et combiné à la préposition *en*, il est la forme adverbiale du verbe. Il présente une action non accomplie et simultanée par rapport à l'action principale.

Ex. Je contemple le ciel bleu *en rêvant*.

5. Les temps de l'indicatif et leurs valeurs

a) Les temps simples :

– **Le présent**

Généralement, il présente une action qui a lieu au moment où l'on parle (présent d'énonciation), ou qui va se produire.

Ex. Le pêcheur *lance* ses filets. Je *suis* à vous dans une minute.

Il peut aussi présenter une action toujours vraie (présent de vérité générale).

Ex. Qui *va* à la chasse *perd* sa place.

Dans un récit, il peut concurrencer le passé simple, afin de rendre les événements plus vivants (présent de narration).

Ex. Le héros *arrête* le véhicule au bord du précipice et *sauve* les deux enfants.

Enfin, il peut apparaître dans une proposition subordonnée introduite par *si*, combiné au futur simple.

Ex. S'il *fait* beau, j'irai à la plage.

– **L'imparfait**

Il présente un événement secondaire, dans un récit (descriptions, portraits, commentaires...), en alternance avec le passé simple.

Ex. Le ciel *était* azur, des mouettes *se laissaient* porter par les courants marins quand, soudain, un éclair zébra l'horizon.

Il peut aussi présenter une action habituelle ou répétée dans le passé.

Ex. Tous les jours, j'*empruntais* la rue des Fleurs.

Enfin, il peut apparaître dans une proposition subordonnée introduite par *si*, combiné au conditionnel présent.

Ex. S'il *faisait* beau, j'irais à la plage.

– **Le passé simple**

Il présente des faits définitivement révolus (passé lointain par rapport au passé composé, plus proche) et essentiels dans le récit (par rapport à l'imparfait, qui présente des actions secondaires).

Ex. Le ciel était azur. Des mouettes se laissaient porter par les courants marins quand, soudain, un éclair *zébra* l'horizon.

– **Le futur simple**

Il présente une action à venir et certaine.

Ex. Demain, nous *prendrons* le premier train.

De ce fait, il concurrence parfois l'impératif présent.

Ex. Tu *viendras* me voir à la fin du cours.

Enfin, il peut apparaître dans une proposition subordonnée introduite par *si*, combiné au présent.

Ex. S'il fait beau, j'*irai* à la plage.

b) Les temps composés :

Chaque temps composé présente une **action accomplie et antérieure** à une autre.

– **Le passé composé**

Il présente une action accomplie, antérieure à une autre au présent.

Dans un récit, il est choisi pour évoquer un passé proche (par rapport au passé simple, qui évoque un passé définitivement révolu).

Ex. Dès que j'*ai fini*, je te rejoins.

– **Le plus-que-parfait**

Il présente une action accomplie, antérieure à une autre à l'imparfait, au passé simple ou au passé composé.

Ex. La mer, qui *s'était déchaînée* pendant trois jours, ondulait paisiblement.

– **Le passé antérieur**

Il présente une action accomplie, antérieure à une autre au passé simple.

Ex. Quand il *eut terminé* ses devoirs, il alla jouer.

– **Le futur antérieur**

Il présente une action accomplie, antérieure à une autre au futur simple.

Ex. Quand les arbres *auront fleuri*, le jardin resplendira de couleurs.

III – LES ACCORDS DU PARTICIPE PASSÉ

1. Le participe passé employé SEUL

Il s'accorde – comme un adjectif qualificatif – en genre et en nombre avec le mot qu'il accompagne.

Ex. Les encyclopédies, *classées* par thèmes, sont rangées sur l'étagère.

2. Le participe passé employé avec ÊTRE

Il s'accorde en genre et en nombre avec le sujet du verbe.

Ex. Les encyclopédies ont été *classées* par thèmes.

3. Le participe passé employé avec AVOIR

a) Il s'accorde en genre et en nombre avec le COD, s'il est placé avant le verbe. Si le COD est placé après le verbe ou s'il n'y en a pas, le participe passé reste invariable.

Ex. Nous avons *lu* rapidement les livres que vous nous avez *offerts*.

b) Cas particuliers

- Le participe passé dont le COD (placé avant) est le pronom personnel *en* reste invariable.
  Ex. J'aime les roses ; j'en ai *cueilli* un bouquet.
- Le participe passé de certains verbes intransitifs (coûter, valoir, peser, mesurer, régner, durer, dormir) reste invariable.
  Ex. Les 3 000 euros que la voiture a *coûté*…
  Ex. Les dix heures que tu as *dormi*…
- Le participe passé des verbes impersonnels reste invariable.
  Ex. Les inondations qu'il y a *eu*…
- Le participe passé suivi d'un infinitif s'accorde en genre et en nombre avec le COD (placé avant) si celui-ci fait l'action exprimée par l'infinitif.
  Il reste invariable si le COD ne fait pas l'action de l'infinitif.
  Ex. Les guitaristes que j'ai *entendus* jouer…
  Ex. Les airs que j'ai *entendu* jouer…

4. Le participe passé des verbes pronominaux

a) Le participe passé des verbes pronominaux **réfléchis ou réciproques** s'accorde en genre et en nombre avec le COD du verbe s'il est placé avant.

Ex. Elle s'est *coupée*. (Elle a coupé elle-même.)
Ex. Elle s'est *coupé* le doigt. (Le COD est après le verbe.)
Ex. Pierre et Paul se sont *battus*. (Ils ont battu eux-mêmes.)
Ex. Pierre et Paul se sont *dit* des injures. (Le COD est après le verbe.)

b) Le participe passé des verbes **essentiellement pronominaux** (n'existant pas sans *se*) ou pronominaux **à sens passif** s'accorde en genre et en nombre avec le sujet du verbe.
Ex. Ils se sont *attardés* devant ce spectacle de rue.
Ex. Ces places de spectacle se sont *arrachées* en une journée.

c) Le participe passé d'un verbe pronominal **suivi d'un infinitif** s'accorde en genre et en nombre avec le COD (placé avant) si celui-ci fait l'action exprimée par l'infinitif.
Ex. La dame s'est *vue* tomber à la renverse. (Le COD fait l'action de *tomber*.)
Ex. La dame s'est *vu* sauver par les pompiers. (Le COD ne fait pas l'action de *sauver*.)

Tableau récapitulatif des terminaisons des 3 groupes

INDICATIF	1er groupe chant-er	2e groupe fin-ir	3e groupe dev-oir
Présent	je chant ***e*** tu chant ***es*** il chant ***e*** nous chant ***ons*** vous chant ***ez*** ils chant ***ent***	fin ***is*** fin ***is*** fin ***it*** fin ***issons*** fin ***issez*** fin ***issent***	doi ***s*** doi ***s*** doi ***t*** dev ***ons*** dev ***ez*** doiv ***ent***
Imparfait	je chant ***ais*** tu chant ***ais*** il chant ***ait*** nous chant ***ions*** vous chant ***iez*** ils chant ***aient***	fin ***issais*** fin ***issais*** fin ***issait*** fin ***issions*** fin ***issiez*** fin ***issaient***	dev ***ais*** dev ***ais*** dev ***ait*** dev ***ions*** dev ***iez*** dev ***aient***
Passé simple	je chant ***ai*** tu chant ***as*** il chant ***a*** nous chant ***âmes*** vous chant ***âtes*** ils chant ***èrent***	fin ***is*** fin ***is*** fin ***it*** fin ***îmes*** fin ***îtes*** fin ***irent***	d ***us*** d ***us*** d ***ut*** d ***ûmes*** d ***ûtes*** d ***urent***
Futur simple	je chanter ***ai*** tu chanter ***as*** il chanter ***a*** nous chanter ***ons*** vous chanter ***ez*** ils chanter ***ont***	finir ***ai*** finir ***as*** finir ***a*** finir ***ons*** finir ***ez*** finir ***ont***	devr ***ai*** devr ***as*** devr ***a*** devr ***ons*** devr ***ez*** devr ***ont***
Passé composé	j'ai chanté tu as chanté il a chanté n. avons chanté v. avez chanté ils ont chanté	ai fini as fini a fini avons fini avez fini ont fini	ai dû as dû a dû avons dû avez dû ont dû
Plus-que-parfait	j'avais chanté tu avais chanté il avait chanté n. avions chanté v. aviez chanté ils avaient chanté	avais fini avais fini avait fini avions fini aviez fini avaient fini	avais dû avais dû avait dû avions dû aviez dû avaient dû

	1er groupe	2e groupe	3e groupe
Passé antérieur	j'eus chanté	eus fini	eus dû
	tu eus chanté	eus fini	eus dû
	il eut chanté	eut fini	eut dû
	n. eûmes chanté	eûmes fini	eûmes dû
	v. eûtes chanté	eûtes fini	eûtes dû
	ils eurent chanté	eurent fini	eurent dû
Futur antérieur	j'aurai chanté	aurai fini	aurai dû
	tu auras chanté	auras fini	auras dû
	il aura chanté	aura fini	aura dû
	n. aurons chanté	aurons fini	aurons dû
	v. aurez chanté	aurez fini	aurez dû
	ils auront chanté	auront fini	auront dû

CONDITIONNEL

Présent	je chanter ***ais***	finir ***ais***	devr ***ais***
	tu chanter ***ais***	finir ***ais***	devr ***ais***
	il chanter ***ait***	finir ***ait***	devr ***ait***
	nous chanter ***ions***	finir ***ions***	devr ***ions***
	vous chanter ***iez***	finir ***iez***	devr ***iez***
	ils chanter ***aient***	finir ***aient***	devr ***aient***
Passé 1re forme	j'aurais chanté	aurais fini	aurais dû
	tu aurais chanté	aurais fini	aurais dû
	il aurait chanté	aurait fini	aurait dû
	n. aurions chanté	aurions fini	aurions dû
	v. auriez chanté	auriez fini	auriez dû
	ils auraient chanté	auraient fini	auraient dû
Passé 2e forme	j'eusse chanté	eusse fini	eusse dû
	tu eusses chanté	eusses fini	eusses dû
	il eût chanté	eût fini	eût dû
	n. eussions chanté	eussions fini	eussions dû
	v. eussiez chanté	eussiez fini	eussiez dû
	ils eussent chanté	eussent fini	eussent dû

Remarque : les formes du conditionnel passé 2e forme et les formes du subjonctif plus-que-parfait sont identiques pour tous les verbes (même irréguliers).

IMPÉRATIF

Présent	chant ***e***	fin ***is***	doi ***s***
	chant ***ons***	fin ***issons***	dev ***ons***
	chant ***ez***	fin ***issez***	dev ***ez***
Passé	aie chanté	aie fini	aie dû
	ayons chanté	ayons fini	ayons dû
	ayez chanté	ayez fini	ayez dû

SUBJONCTIF

	1er groupe	2e groupe	3e groupe
Présent	que je chant ***e***	fin ***isse***	doiv ***e***
	que tu chant ***es***	fin ***isses***	doiv ***es***
	qu'il chant ***e***	fin ***isse***	doiv ***e***
	que n. chant ***ions***	fin ***issions***	dev ***ions***
	que v. chant ***iez***	fin ***issiez***	dev ***iez***
	qu'ils chant ***ent***	fin ***issent***	doiv ***ent***
Imparfait	que je chant ***asse***	fin ***isse***	d ***usse***
	que tu chant ***asses***	fin ***isses***	d ***usses***
	qu'il chant ***ât***	fin ***ît***	d ***ût***
	que n. chant ***assions***	fin ***issions***	d ***ussions***
	que v. chant ***assiez***	fin ***issiez***	d ***ussiez***
	qu'ils chant ***assent***	fin ***issent***	d ***ussent***
Passé	que j'aie chanté	aie fini	aie dû
	que tu aies chanté	aies fini	aies dû
	qu'il ait chanté	ait fini	ait dû
	que n. ayons chanté	ayons fini	ayons dû
	que v. ayez chanté	ayez fini	ayez dû
	qu'ils aient chanté	aient fini	aient dû
Plus-que-parfait	que j'eusse chanté	eusse fini	eusse dû
	que tu eusses chanté	eusses fini	eusses dû
	qu'il eût chanté	eût fini	eût dû
	que n. eussions chanté	eussions fini	eussions dû
	que v. eussiez chanté	eussiez fini	eussiez dû
	qu'ils eussent chanté	eussent fini	eussent dû

INFINITIF

Présent	chant ***er***	fin ***ir***	dev ***oir***
Passé	avoir chanté	avoir fini	avoir dû

PARTICIPE

Présent	chant ***ant***	fin ***issant***	dev ***ant***
Passé	chant ***é***	fin ***i***	d ***û***
	ayant chanté	ayant fini	ayant dû

GÉRONDIF

Présent	en chantant	en finissant	en devant
Passé	en ayant chanté	en ayant fini	en ayant dû

- 2 -

66 verbes conjugués

1 avoir / auxiliaire

- Sert d'auxiliaire de conjugaison pour tous les temps composés de la plupart des verbes à la voix active.
- Sert d'auxiliaire pour le verbe être.
- Il est transitif direct (il possède un COD).
- Formes impersonnelles : il y a, il y aura, qu'il y ait...

INDICATIF

Présent	Imparfait	Passé simple	Futur simple
j' ai	j' avais	j' eus	j' aurai
tu as	tu avais	tu eus	tu auras
il a	il avait	il eut	il aura
nous avons	nous avions	nous eûmes	nous aurons
vous avez	vous aviez	vous eûtes	vous aurez
ils ont	ils avaient	ils eurent	ils auront

Passé composé	Plus-que-parfait	Passé antérieur	Futur antérieur
j' ai eu	j' avais eu	j' eus eu	j' aurai eu
tu as eu	tu avais eu	tu eus eu	tu auras eu
il a eu	il avait eu	il eut eu	il aura eu
nous avons eu	nous avions eu	nous eûmes eu	nous aurons eu
vous avez eu	vous aviez eu	vous eûtes eu	vous aurez eu
ils ont eu	ils avaient eu	ils eurent eu	ils auront eu

CONDITIONNEL

Présent	Passé 1re forme	Passé 2e forme
j' aurais	j' aurais eu	j' eusse eu
tu aurais	tu aurais eu	tu eusses eu
il aurait	il aurait eu	il eût eu
nous aurions	nous aurions eu	nous eussions eu
vous auriez	vous auriez eu	vous eussiez eu
ils auraient	ils auraient eu	ils eussent eu

IMPÉRATIF

Présent

aie / ayons / ayez

Passé

aie eu / ayons eu / ayez eu

SUBJONCTIF

Présent	Imparfait	Passé	Plus-que-parfait
que j' aie	que j' eusse	que j' aie eu	que j' eusse eu
que tu aies	que tu eusses	que tu aies eu	que tu eusses eu
qu' il ait	qu' il eût	qu' il ait eu	qu' il eût eu
que nous ayons	que nous eussions	que n. ayons eu	que n. eussions eu
que vous ayez	que vous eussiez	que v. ayez eu	que v. eussiez eu
qu' ils aient	qu' ils eussent	qu' ils aient eu	qu' ils eussent eu

INFINITIF

Présent	Passé
avoir	avoir eu

PARTICIPE

Présent	Passé
ayant	eu ayant eu

GÉRONDIF

Présent	Passé
en ayant	en ayant eu

- Sert d'auxiliaire de conjugaison pour toutes les formes passives (ils sont fabriqués), pour les temps composés de la voix pronominale (ils se sont pincé les doigts), pour quelques verbes à la voix active (arriver, rester, venir...).
- Participe passé toujours invariable : été.

INDICATIF

Présent	Imparfait	Passé simple	Futur simple
je suis	j' étais	je fus	je serai
tu es	tu étais	tu fus	tu seras
il est	il était	il fut	il sera
nous sommes	nous étions	nous fûmes	nous serons
vous êtes	vous étiez	vous fûtes	vous serez
ils sont	ils étaient	ils furent	ils seront

Passé composé	Plus-que-parfait	Passé antérieur	Futur antérieur
j' ai été	j' avais été	j' eus été	j' aurai été
tu as été	tu avais été	tu eus été	tu auras été
il a été	il avait été	il eut été	il aura été
nous avons été	nous avions été	nous eûmes été	nous aurons été
vous avez été	vous aviez été	vous eûtes été	vous aurez été
ils ont été	ils avaient été	ils eurent été	ils auront été

CONDITIONNEL

Présent	Passé 1re forme	Passé 2e forme
je serais	j' aurais été	j' eusse été
tu serais	tu aurais été	tu eusses été
il serait	il aurait été	il eût été
nous serions	nous aurions été	nous eussions été
vous seriez	vous auriez été	vous eussiez été
ils seraient	ils auraient été	ils eussent été

IMPÉRATIF

Présent

sois / soyons / soyez

Passé

aie été / ayons été / ayez été

SUBJONCTIF

Présent	Imparfait	Passé	Plus-que-parfait
que je sois	que je fusse	que j' aie été	que j' eusse été
que tu sois	que tu fusses	que tu aies été	que tu eusses été
qu' il soit	qu' il fût	qu' il ait été	qu' il eût été
que nous soyons	que nous fussions	que n. ayons été	que n. eussions été
que vous soyez	que vous fussiez	que v. ayez été	que v. eussiez été
qu' ils soient	qu' ils fussent	qu' ils aient été	qu' ils eussent été

INFINITIF

Présent	Passé
être	avoir été

PARTICIPE

Présent	Passé
étant	été ayant été

GÉRONDIF

Présent	Passé
en étant	en ayant été

3 être aimé / verbe à la voix passive

- Emploi unique de l'auxiliaire être.
- Le participe passé du verbe conjugué s'accorde toujours avec le sujet du verbe (elle est aimée).

INDICATIF

Présent	Imparfait	Passé simple	Futur simple
je suis aimé	j' étais aimé	je fus aimé	je serai aimé
tu es aimé	tu étais aimé	tu fus aimé	tu seras aimé
il est aimé	il était aimé	il fut aimé	il sera aimé
nous sommes aimés	nous étions aimés	nous fûmes aimés	nous serons aimés
vous êtes aimés	vous étiez aimés	vous fûtes aimés	vous serez aimés
ils sont aimés	ils étaient aimés	ils furent aimés	ils seront aimés

Passé composé	Plus-que-parfait	Passé antérieur	Futur antérieur
j' ai été aimé	j' avais été aimé	j' eus été aimé	j' aurai été aimé
tu as été aimé	tu avais été aimé	tu eus été aimé	tu auras été aimé
il a été aimé	il avait été aimé	il eut été aimé	il aura été aimé
nous avons été aimés	nous avions été aimés	nous eûmes été aimés	nous aurons été aimés
vous avez été aimés	vous aviez été aimés	vous eûtes été aimés	vous aurez été aimés
ils ont été aimés	ils avaient été aimés	ils eurent été aimés	ils auront été aimés

CONDITIONNEL

Présent	Passé 1re forme	Passé 2e forme
je serais aimé	j' aurais été aimé	j' eusse été aimé
tu serais aimé	tu aurais été aimé	tu eusses été aimé
il serait aimé	il aurait été aimé	il eût été aimé
nous serions aimés	nous aurions été aimés	nous eussions été aimés
vous seriez aimés	vous auriez été aimés	vous eussiez été aimés
ils seraient aimés	ils auraient été aimés	ils eussent été aimés

IMPÉRATIF

Présent
sois aimé / soyons aimés / soyez aimés

Passé
–

SUBJONCTIF

Présent	Imparfait	Passé	Plus-que-parfait
que je sois aimé	que je fusse aimé	que j' aie été aimé	que j' eusse été aimé
que tu sois aimé	que tu fusses aimé	que tu aies été aimé	que tu eusses été aimé
qu' il soit aimé	qu' il fût aimé	qu' il ait été aimé	qu' il eût été aimé
que nous soyons aimés	que nous fussions aimés	que n. ayons été aimés	que n. eussions été aimés
que vous soyez aimés	que vous fussiez aimés	que v. ayez été aimés	que v. eussiez été aimés
qu' ils soient aimés	qu' ils fussent aimés	qu' ils aient été aimés	qu' ils eussent été aimés

INFINITIF

Présent	Passé
être aimé	avoir été aimé

PARTICIPE

Présent	Passé
étant aimé	aimé ayant été aimé

GÉRONDIF

Présent	Passé
en étant aimé	en ayant été aimé

verbe pronominal \ se laver 4

- Emploi unique de l'auxiliaire être pour conjuguer les temps composés.
- Attention, les accords avec le participe passé sont délicats.
  (Voir « Les accords du participe passé »)

INDICATIF

Présent	Imparfait	Passé simple	Futur simple
je me lav ***e***	je me lav ***ais***	je me lav ***ai***	je me laver ***ai***
tu te lav ***es***	tu te lav ***ais***	tu te lav ***as***	tu te laver ***as***
il se lav ***e***	il se lav ***ait***	il se lav ***a***	il se laver ***a***
nous nous lav ***ons***	nous nous lav ***ions***	nous nous lav ***âmes***	nous nous laver ***ons***
vous vous lav ***ez***	vous vous lav ***iez***	vous vous lav ***âtes***	vous vous laver ***ez***
ils se lav ***ent***	ils se lav ***aient***	ils se lav ***èrent***	ils se laver ***ont***

Passé composé	Plus-que-parfait	Passé antérieur	Futur antérieur
je me suis lavé	je m'étais lavé	je me fus lavé	je me serai lavé
tu t'es lavé	tu t'étais lavé	tu te fus lavé	tu te seras lavé
il s'est lavé	il s'était lavé	il se fut lavé	il se sera lavé
nous n. sommes lavés	nous nous étions lavés	nous nous fûmes lavés	nous nous serons lavés
vous v. êtes lavés	vous vous étiez lavés	vous vous fûtes lavés	vous vous serez lavés
ils se sont lavés	ils s'étaient lavés	ils se furent lavés	ils se seront lavés

CONDITIONNEL

Présent	Passé 1re forme	Passé 2e forme
je me laver ***ais***	je me serais lavé	je me fusse lavé
tu te laver ***ais***	tu te serais lavé	tu te fusses lavé
il se laver ***ait***	il se serait lavé	il se fût lavé
nous nous laver ***ions***	nous nous serions lavés	nous nous fussions lavés
vous vous laver ***iez***	vous vous seriez lavés	vous vous fussiez lavés
ils se laver ***aient***	ils se seraient lavés	ils se fussent lavés

IMPÉRATIF

Présent

lav ***e***-toi / lav ***ons***-nous / lav ***ez***-vous

Passé

–

SUBJONCTIF

Présent	Imparfait	Passé	Plus-que-parfait
que je me lav ***e***	que je me lav ***asse***	que je me sois lavé	que je me fusse lavé
que tu te lav ***es***	que tu te lav ***asses***	que tu te sois lavé	que tu te fusses lavé
qu' il se lav ***e***	qu' il se lav ***ât***	qu' il se soit lavé	qu' il se fût lavé
que nous nous lav ***ions***	que nous n. lav ***assions***	que n. nous soyons lavés	que n. n. fussions lavés
que vous vous lav ***iez***	que vous v. lav ***assiez***	que v. vous soyez lavés	que v. v. fussiez lavés
qu' ils se lav ***ent***	qu' ils se lav ***assent***	qu' ils se soient lavés	qu' ils se fussent lavés

INFINITIF		PARTICIPE		GÉRONDIF	
Présent	Passé	Présent	Passé	Présent	Passé
se laver	s'être lavé	se lavant	s'étant lavé	en se lavant	en s'étant lavé

5 avancer / 1er groupe verbes en -cer

- Même conjugaison pour tous les verbes se terminant par -cer (effacer, placer, lacer...).
- Ne pas oublier le c cédille devant **a** et **o**.
- **Radicaux** : avanç-, avanç-, avancer-.

INDICATIF

Présent	Imparfait	Passé simple	Futur simple
j' avanc **e**	j' avanç **ais**	j' avanç **ai**	j' avancer **ai**
tu avanc **es**	tu avanç **ais**	tu avanç **as**	tu avancer **as**
il avanc **e**	il avanç **ait**	il avanç **a**	il avancer **a**
nous avanç **ons**	nous avanc **ions**	nous avanç **âmes**	nous avancer **ons**
vous avanc **ez**	vous avanc **iez**	vous avanç **âtes**	vous avancer **ez**
ils avanc **ent**	ils avanç **aient**	ils avanc **èrent**	ils avancer **ont**

Passé composé	Plus-que-parfait	Passé antérieur	Futur antérieur
j' ai avancé	j' avais avancé	j' eus avancé	j' aurai avancé
tu as avancé	tu avais avancé	tu eus avancé	tu auras avancé
il a avancé	il avait avancé	il eut avancé	il aura avancé
nous avons avancé	nous avions avancé	nous eûmes avancé	nous aurons avancé
vous avez avancé	vous aviez avancé	vous eûtes avancé	vous aurez avancé
ils ont avancé	ils avaient avancé	ils eurent avancé	ils auront avancé

CONDITIONNEL

Présent	Passé 1re forme	Passé 2e forme
j' avancer **ais**	j' aurais avancé	j' eusse avancé
tu avancer **ais**	tu aurais avancé	tu eusses avancé
il avancer **ait**	il aurait avancé	il eût avancé
nous avancer **ions**	nous aurions avancé	nous eussions avancé
vous avancer **iez**	vous auriez avancé	vous eussiez avancé
ils avancer **aient**	ils auraient avancé	ils eussent avancé

IMPÉRATIF

Présent

avanc **e** / avanç **ons** / avanc **ez**

Passé

aie avancé / ayons avancé / ayez avancé

SUBJONCTIF

Présent	Imparfait	Passé	Plus-que-parfait
que j' avanc **e**	que j' avanç **asse**	que j' aie avancé	que j' eusse avancé
que tu avanc **es**	que tu avanç **asses**	que tu aies avancé	que tu eusses avancé
qu' il avanc **e**	qu' il avanç **ât**	qu' il ait avancé	qu' il eût avancé
que nous avanc **ions**	que nous avanç **assions**	que n. ayons avancé	que n. eussions avancé
que vous avanc **iez**	que vous avanç **assiez**	que v. ayez avancé	que v. eussiez avancé
qu' ils avanc **ent**	qu' ils avanç **assent**	qu' ils aient avancé	qu' ils eussent avancé

INFINITIF

Présent	Passé
avancer	avoir avancé

PARTICIPE

Présent	Passé
avançant	avancé ayant avancé

GÉRONDIF

Présent	Passé
en avançant	en ayant avancé

1er groupe verbe modèle \ chanter 6

- La plupart des verbes du 1er groupe en -er se conjuguent sur ce modèle.
- **Radicaux** : chant-, chanter-.

INDICATIF

Présent	Imparfait	Passé simple	Futur simple
je chant ***e***	je chant ***ais***	je chant ***ai***	je chanter ***ai***
tu chant ***es***	tu chant ***ais***	tu chant ***as***	tu chanter ***as***
il chant ***e***	il chant ***ait***	il chant ***a***	il chanter ***a***
nous chant ***ons***	nous chant ***ions***	nous chant ***âmes***	nous chanter ***ons***
vous chant ***ez***	vous chant ***iez***	vous chant ***âtes***	vous chanter ***ez***
ils chant ***ent***	ils chant ***aient***	ils chant ***èrent***	ils chanter ***ont***

Passé composé	Plus-que-parfait	Passé antérieur	Futur antérieur
j' ai chanté	j' avais chanté	j' eus chanté	j' aurai chanté
tu as chanté	tu avais chanté	tu eus chanté	tu auras chanté
il a chanté	il avait chanté	il eut chanté	il aura chanté
nous avons chanté	nous avions chanté	nous eûmes chanté	nous aurons chanté
vous avez chanté	vous aviez chanté	vous eûtes chanté	vous aurez chanté
ils ont chanté	ils avaient chanté	ils eurent chanté	ils auront chanté

CONDITIONNEL

Présent	Passé 1re forme	Passé 2e forme
je chanter ***ais***	j' aurais chanté	j' eusse chanté
tu chanter ***ais***	tu aurais chanté	tu eusses chanté
il chanter ***ait***	il aurait chanté	il eût chanté
nous chanter ***ions***	nous aurions chanté	nous eussions chanté
vous chanter ***iez***	vous auriez chanté	vous eussiez chanté
ils chanter ***aient***	ils auraient chanté	ils eussent chanté

IMPÉRATIF

Présent

chant ***e*** / chant ***ons*** / chant ***ez***

Passé

aie chanté / ayons chanté / ayez chanté

SUBJONCTIF

Présent	Imparfait	Passé	Plus-que-parfait
que je chant ***e***	que je chant ***asse***	que j' aie chanté	que j' eusse chanté
que tu chant ***es***	que tu chant ***asses***	que tu aies chanté	que tu eusses chanté
qu' il chant ***e***	qu' il chant ***ât***	qu' il ait chanté	qu' il eût chanté
que nous chant ***ions***	que nous chant ***assions***	que n. ayons chanté	que n. eussions chanté
que vous chant ***iez***	que vous chant ***assiez***	que v. ayez chanté	que v. eussiez chanté
qu' ils chant ***ent***	qu' ils chant ***assent***	qu' ils aient chanté	qu' ils eussent chanté

INFINITIF

Présent	Passé
chanter	avoir chanté

PARTICIPE

Présent	Passé
chantant	chanté ayant chanté

GÉRONDIF

Présent	Passé
en chantant	en ayant chanté

7 créer / 1er groupe verbes en -éer

- Dans les verbes en -éer, le é reste toujours fermé (je crée).
- Au participe passé, ce verbe double son **é** (créé) et a trois **e** au participe passé féminin (créée).
- **Radicaux** : cré-, créer-.

INDICATIF

Présent	Imparfait	Passé simple	Futur simple
je cré ***e***	je cré ***ais***	je cré ***ai***	je créer ***ai***
tu cré ***es***	tu cré ***ais***	tu cré ***as***	tu créer ***as***
il cré ***e***	il cré ***ait***	il cré ***a***	il créer ***a***
nous cré ***ons***	nous cré ***ions***	nous cré ***âmes***	nous créer ***ons***
vous cré ***ez***	vous cré ***iez***	vous cré ***âtes***	vous créer ***ez***
ils cré ***ent***	ils cré ***aient***	ils cré ***èrent***	ils créer ***ont***

Passé composé	Plus-que-parfait	Passé antérieur	Futur antérieur
j' ai créé	j' avais créé	j' eus créé	j' aurai créé
tu as créé	tu avais créé	tu eus créé	tu auras créé
il a créé	il avait créé	il eut créé	il aura créé
nous avons créé	nous avions créé	nous eûmes créé	nous aurons créé
vous avez créé	vous aviez créé	vous eûtes créé	vous aurez créé
ils ont créé	ils avaient créé	ils eurent créé	ils auront créé

CONDITIONNEL

Présent	Passé 1re forme	Passé 2e forme
je créer ***ais***	j' aurais créé	j' eusse créé
tu créer ***ais***	tu aurais créé	tu eusses créé
il créer ***ait***	il aurait créé	il eût créé
nous créer ***ions***	nous aurions créé	nous eussions créé
vous créer ***iez***	vous auriez créé	vous eussiez créé
ils créer ***aient***	ils auraient créé	ils eussent créé

IMPÉRATIF

Présent

cré ***e*** / cré ***ons*** / cré ***ez***

Passé

aie créé / ayons créé / ayez créé

SUBJONCTIF

Présent	Imparfait	Passé	Plus-que-parfait
que je cré ***e***	que je cré ***asse***	que j' aie créé	que j' eusse créé
que tu cré ***es***	que tu cré ***asses***	que tu aies créé	que tu eusses créé
qu' il cré ***e***	qu' il cré ***ât***	qu' il ait créé	qu' il eût créé
que nous cré ***ions***	que nous cré ***assions***	que n. ayons créé	que n. eussions créé
que vous cré ***iez***	que vous cré ***assiez***	que v. ayez créé	que v. eussiez créé
qu' ils cré ***ent***	qu' ils cré ***assent***	qu' ils aient créé	qu' ils eussent créé

INFINITIF

Présent	Passé
créer	avoir créé

PARTICIPE

Présent	Passé
créant	créé ayant créé

GÉRONDIF

Présent	Passé
en créant	en ayant créé

1er groupe \ envoyer 8

- Y devient **i** devant un **e** muet.
- Formes irrégulières au futur simple et au présent du conditionnel (j'enverrai, j'enverrais).
- Remarquer la présence du **i** après y aux deux premières personnes du pluriel de l'imparfait de l'indicatif et du présent du subjonctif.
- Pour les autres verbes en -oyer, voir le tableau 10.
- **Radicaux** : envoi-, envoy-, enverr-.

INDICATIF

Présent	Imparfait	Passé simple	Futur simple
j' envoi ***e***	j' envoy ***ais***	j' envoy ***ai***	j' enverr ***ai***
tu envoi ***es***	tu envoy ***ais***	tu envoy ***as***	tu enverr ***as***
il envoi ***e***	il envoy ***ait***	il envoy ***a***	il enverr ***a***
nous envoy ***ons***	nous envoy ***ions***	nous envoy ***âmes***	nous enverr ***ons***
vous envoy ***ez***	vous envoy ***iez***	vous envoy ***âtes***	vous enverr ***ez***
ils envoi ***ent***	ils envoy ***aient***	ils envoy ***èrent***	ils enverr ***ont***

Passé composé	Plus-que-parfait	Passé antérieur	Futur antérieur
j' ai envoyé	j' avais envoyé	j' eus envoyé	j' aurai envoyé
tu as envoyé	tu avais envoyé	tu eus envoyé	tu auras envoyé
il a envoyé	il avait envoyé	il eut envoyé	il aura envoyé
nous avons envoyé	nous avions envoyé	nous eûmes envoyé	nous aurons envoyé
vous avez envoyé	vous aviez envoyé	vous eûtes envoyé	vous aurez envoyé
ils ont envoyé	ils avaient envoyé	ils eurent envoyé	ils auront envoyé

CONDITIONNEL

Présent	Passé 1re forme	Passé 2e forme
j' enverr ***ais***	j' aurais envoyé	j' eusse envoyé
tu enverr ***ais***	tu aurais envoyé	tu eusses envoyé
il enverr ***ait***	il aurait envoyé	il eût envoyé
nous enverr ***ions***	nous aurions envoyé	nous eussions envoyé
vous enverr ***iez***	vous auriez envoyé	vous eussiez envoyé
ils enverr ***aient***	ils auraient envoyé	ils eussent envoyé

IMPÉRATIF

Présent

envoi ***e*** / envoy ***ons*** / envoy ***ez***

Passé

aie envoyé / ayons envoyé / ayez envoyé

SUBJONCTIF

Présent	Imparfait	Passé	Plus-que-parfait
que j' envoi ***e***	que j' envoy ***asse***	que j' aie envoyé	que j' eusse envoyé
que tu envoi ***es***	que tu envoy ***asses***	que tu aies envoyé	que tu eusses envoyé
qu' il envoi ***e***	qu' il envoy ***ât***	qu' il ait envoyé	qu' il eût envoyé
que nous envoy ***ions***	que nous envoy ***assions***	que n. ayons envoyé	que n. eussions envoyé
que vous envoy ***iez***	que vous envoy ***assiez***	que v. ayez envoyé	que v. eussiez envoyé
qu' ils envoi ***ent***	qu' ils envoy ***assent***	qu' ils aient envoyé	qu' ils eussent envoyé

INFINITIF

Présent	Passé
envoyer	avoir envoyé

PARTICIPE

Présent	Passé
envoyant	envoyé ayant envoyé

GÉRONDIF

Présent	Passé
en envoyant	en ayant envoyé

9 épier / 1er groupe verbes en -ier

- Doublement du **i** à la 1re et à la 2e personne du pluriel de l'imparfait de l'indicatif et du présent du subjonctif (nous épiions, que vous épiiez).
- Ne pas oublier le **e** muet du radical au futur simple et au présent du conditionnel (j'épierai, j'épierais).
- **Radicaux** : épi-, épier-.

INDICATIF

Présent	Imparfait	Passé simple	Futur simple
j' épi ***e***	j' épi ***ais***	j' épi ***ai***	j' épier ***ai***
tu épi ***es***	tu épi ***ais***	tu épi ***as***	tu épier ***as***
il épi ***e***	il épi ***ait***	il épi ***a***	il épier ***a***
nous épi ***ons***	nous épi ***ions***	nous épi ***âmes***	nous épier ***ons***
vous épi ***ez***	vous épi ***iez***	vous épi ***âtes***	vous épier ***ez***
ils épi ***ent***	ils épi ***aient***	ils épi ***èrent***	ils épier ***ont***

Passé composé	Plus-que-parfait	Passé antérieur	Futur antérieur
j' ai épié	j' avais épié	j' eus épié	j' aurai épié
tu as épié	tu avais épié	tu eus épié	tu auras épié
il a épié	il avait épié	il eut épié	il aura épié
nous avons épié	nous avions épié	nous eûmes épié	nous aurons épié
vous avez épié	vous aviez épié	vous eûtes épié	vous aurez épié
ils ont épié	ils avaient épié	ils eurent épié	ils auront épié

CONDITIONNEL

Présent	Passé 1re forme	Passé 2e forme
j' épier ***ais***	j' aurais épié	j' eusse épié
tu épier ***ais***	tu aurais épié	tu eusses épié
il épier ***ait***	il aurait épié	il eût épié
nous épier ***ions***	nous aurions épié	nous eussions épié
vous épier ***iez***	vous auriez épié	vous eussiez épié
ils épier ***aient***	ils auraient épié	ils eussent épié

IMPÉRATIF

Présent

épi ***e*** / épi ***ons*** / épi ***ez***

Passé

aie épié / ayons épié / ayez épié

SUBJONCTIF

Présent	Imparfait	Passé	Plus-que-parfait
que j' épi ***e***	que j' épi ***asse***	que j' aie épié	que j' eusse épié
que tu épi ***es***	que tu épi ***asses***	que tu aies épié	que tu eusses épié
qu' il épi ***e***	qu' il épi ***ât***	qu' il ait épié	qu' il eût épié
que nous épi ***ions***	que nous épi ***assions***	que n. ayons épié	que n. eussions épié
que vous épi ***iez***	que vous épi ***assiez***	que v. ayez épié	que v. eussiez épié
qu' ils épi ***ent***	qu' ils épi ***assent***	qu' ils aient épié	qu' ils eussent épié

INFINITIF

Présent	Passé
épier	avoir épié

PARTICIPE

Présent	Passé
épiant	épié ayant épié

GÉRONDIF

Présent	Passé
en épiant	en ayant épié

- Suivent ce modèle les verbes en -uyer et les verbes en -oyer, sauf envoyer et renvoyer (voir tableau 8).
- Le y du radical du verbe se transforme en **i** devant un **e** muet.
- Prend un **i** après le y du radical à la 1re et à la 2e personne du pluriel de l'imparfait de l'indicatif et du présent du subjonctif (nous essuy**i**ons, que vous essuy**i**ez).
- **Radicaux** : essui-, essuy-, essuier-.

INDICATIF

Présent	Imparfait	Passé simple	Futur simple
j' essui ***e***	j' essuy ***ais***	j' essuy ***ai***	j' essuier ***ai***
tu essui ***es***	tu essuy ***ais***	tu essuy ***as***	tu essuier ***as***
il essui ***e***	il essuy ***ait***	il essuy ***a***	il essuier ***a***
nous essuy ***ons***	nous essuy ***ions***	nous essuy ***âmes***	nous essuier ***ons***
vous essuy ***ez***	vous essuy ***iez***	vous essuy ***âtes***	vous essuier ***ez***
ils essui ***ent***	ils essuy ***aient***	ils essuy ***èrent***	ils essuier ***ont***

Passé composé	Plus-que-parfait	Passé antérieur	Futur antérieur
j' ai essuyé	j' avais essuyé	j' eus essuyé	j' aurai essuyé
tu as essuyé	tu avais essuyé	tu eus essuyé	tu auras essuyé
il a essuyé	il avait essuyé	il eut essuyé	il aura essuyé
nous avons essuyé	nous avions essuyé	nous eûmes essuyé	nous aurons essuyé
vous avez essuyé	vous aviez essuyé	vous eûtes essuyé	vous aurez essuyé
ils ont essuyé	ils avaient essuyé	ils eurent essuyé	ils auront essuyé

CONDITIONNEL

Présent	Passé 1re forme	Passé 2e forme
j' essuier ***ais***	j' aurais essuyé	j' eusse essuyé
tu essuier ***ais***	tu aurais essuyé	tu eusses essuyé
il essuier ***ait***	il aurait essuyé	il eût essuyé
nous essuier ***ions***	nous aurions essuyé	nous eussions essuyé
vous essuier ***iez***	vous auriez essuyé	vous eussiez essuyé
ils essuier ***aient***	ils auraient essuyé	ils eussent essuyé

IMPÉRATIF

Présent

essui ***e*** / essuy ***ons*** / essuy ***ez***

Passé

aie essuyé / ayons essuyé /ayez essuyé

SUBJONCTIF

Présent	Imparfait	Passé	Plus-que-parfait
que j' essui ***e***	que j' essuy ***asse***	que j' aie essuyé	que j' eusse essuyé
que tu essui ***es***	que tu essuy ***asses***	que tu aies essuyé	que tu eusses essuyé
qu' il essui ***e***	qu' il essuy ***ât***	qu' il ait essuyé	qu' il eût essuyé
que nous essuy ***ions***	que nous essuy ***assions***	que n. ayons essuyé	que n. eussions essuyé
que vous essuy ***iez***	que vous essuy ***assiez***	que v. ayez essuyé	que v. eussiez essuyé
qu' ils essui ***ent***	qu' ils essuy ***assent***	qu' ils aient essuyé	qu' ils eussent essuyé

INFINITIF

Présent	Passé
essuyer	avoir essuyé

PARTICIPE

Présent	Passé
essuyant	essuyé ayant essuyé

GÉRONDIF

Présent	Passé
en essuyant	en ayant essuyé

11 geler / 1er groupe verbes en -eler et -eter changeant e en è devant un e muet

- Se conjuguent sur ce modèle acheter, haleter, modeler, mais aussi démanteler, harceler et quelques autres verbes – voir répertoire (j'achète, je modèle).
- La particularité de ces verbes est de ne pas doubler leur consonne **-l** ou **-t** devant un **e** muet, mais de prendre un è devant cette consonne.
- Pour les autres verbes en -eler et -eter, voir le tableau 12.
- **Radicaux** : gèl-, gel-, gèler-.

INDICATIF

Présent	Imparfait	Passé simple	Futur simple
je gèl *e*	je gel *ais*	je gel *ai*	je gèler *ai*
tu gèl *es*	tu gel *ais*	tu gel *as*	tu gèler *as*
il gèl *e*	il gel *ait*	il gel *a*	il gèler *a*
nous gel *ons*	nous gel *ions*	nous gel *âmes*	nous gèler *ons*
vous gel *ez*	vous gel *iez*	vous gel *âtes*	vous gèler *ez*
ils gèl *ent*	ils gel *aient*	ils gel *èrent*	ils gèler *ont*

Passé composé	Plus-que-parfait	Passé antérieur	Futur antérieur
j' ai gelé	j' avais gelé	j' eus gelé	j' aurai gelé
tu as gelé	tu avais gelé	tu eus gelé	tu auras gelé
il a gelé	il avait gelé	il eut gelé	il aura gelé
nous avons gelé	nous avions gelé	nous eûmes gelé	nous aurons gelé
vous avez gelé	vous aviez gelé	vous eûtes gelé	vous aurez gelé
ils ont gelé	ils avaient gelé	ils eurent gelé	ils auront gelé

CONDITIONNEL

Présent	Passé 1re forme	Passé 2e forme
je gèler *ais*	j' aurais gelé	j' eusse gelé
tu gèler *ais*	tu aurais gelé	tu eusses gelé
il gèler *ait*	il aurait gelé	il eût gelé
nous gèler *ions*	nous aurions gelé	nous eussions gelé
vous gèler *iez*	vous auriez gelé	vous eussiez gelé
ils gèler *aient*	ils auraient gelé	ils eussent gelé

IMPÉRATIF

Présent

gèl *e* / gel *ons* / gel *ez*

Passé

aie gelé / ayons gelé / ayez gelé

SUBJONCTIF

Présent	Imparfait	Passé	Plus-que-parfait
que je gèl *e*	que je gel *asse*	que j' aie gelé	que j' eusse gelé
que tu gèl *es*	que tu gel *asses*	que tu aies gelé	que tu eusses gelé
qu' il gèl *e*	qu' il gel *ât*	qu' il ait gelé	qu' il eût gelé
que nous gel *ions*	que nous gel *assions*	que n. ayons gelé	que n. eussions gelé
que vous gel *iez*	que vous gel *assiez*	que v. ayez gelé	que v. eussiez gelé
qu' ils gèl *ent*	qu' ils gel *assent*	qu' ils aient gelé	qu' ils eussent gelé

INFINITIF

Présent	Passé
geler	avoir gelé

PARTICIPE

Présent	Passé
gelant	gelé ayant gelé

GÉRONDIF

Présent	Passé
en gelant	en ayant gelé

1er groupe verbes en -eler et -eter doublant leur consonne devant un e muet \ jeter 12

- La plupart des verbes qui se terminent par -eler et -eter (appeler par exemple) doublent la consonne **t** ou **l** devant un **e** muet (je jetai, mais je jetterai).
- Pour les exceptions, comme le verbe geler, voir le tableau 11.
- **Radicaux** : jett-, jet-, jetter-.

INDICATIF

Présent	Imparfait	Passé simple	Futur simple
je jett ***e***	je jet ***ais***	je jet ***ai***	je jetter ***ai***
tu jett ***es***	tu jet ***ais***	tu jet ***as***	tu jetter ***as***
il jett ***e***	il jet ***ait***	il jet ***a***	il jetter ***a***
nous jet ***ons***	nous jet ***ions***	nous jet ***âmes***	nous jetter ***ons***
vous jet ***ez***	vous jet ***iez***	vous jet ***âtes***	vous jetter ***ez***
ils jett ***ent***	ils jet ***aient***	ils jet ***èrent***	ils jetter ***ont***

Passé composé	Plus-que-parfait	Passé antérieur	Futur antérieur
j' ai jeté	j' avais jeté	j' eus jeté	j' aurai jeté
tu as jeté	tu avais jeté	tu eus jeté	tu auras jeté
il a jeté	il avait jeté	il eut jeté	il aura jeté
nous avons jeté	nous avions jeté	nous eûmes jeté	nous aurons jeté
vous avez jeté	vous aviez jeté	vous eûtes jeté	vous aurez jeté
ils ont jeté	ils avaient jeté	ils eurent jeté	ils auront jeté

CONDITIONNEL

Présent	Passé 1re forme	Passé 2e forme
je jetter ***ais***	j' aurais jeté	j' eusse jeté
tu jetter ***ais***	tu aurais jeté	tu eusses jeté
il jetter ***ait***	il aurait jeté	il eût jeté
nous jetter ***ions***	nous aurions jeté	nous eussions jeté
vous jetter ***iez***	vous auriez jeté	vous eussiez jeté
ils jetter ***aient***	ils auraient jeté	ils eussent jeté

IMPÉRATIF

Présent

jett ***e*** / jet ***ons*** / jet ***ez***

Passé

aie jeté / ayons jeté / ayez jeté

SUBJONCTIF

Présent	Imparfait	Passé	Plus-que-parfait
que je jett ***e***	que je jet ***asse***	que j' aie jeté	que j' eusse jeté
que tu jett ***es***	que tu jet ***asses***	que tu aies jeté	que tu eusses jeté
qu' il jett ***e***	qu' il jet ***ât***	qu' il ait jeté	qu' il eût jeté
que nous jet ***ions***	que nous jet ***assions***	que n. ayons jeté	que n. eussions jeté
que vous jet ***iez***	que vous jet ***assiez***	que v. ayez jeté	que v. eussiez jeté
qu' ils jett ***ent***	qu' ils jet ***assent***	qu' ils aient jeté	qu' ils eussent jeté

INFINITIF

Présent	Passé
jeter	avoir jeté

PARTICIPE

Présent	Passé
jetant	jeté ayant jeté

GÉRONDIF

Présent	Passé
en jetant	en ayant jeté

13 lever / 1er groupe verbes en -e.er, autres qu'en -eler et -eter

- Suivent ce modèle quelques verbes ayant un **e** muet dans l'avant-dernière syllabe : achever, amener, se démener, peser...
- Ces verbes changent le **e** muet en è devant une syllabe muette (il lève, il lèvera), y compris au futur simple et au conditionnel présent.
- Pour les verbes en -eler et -eter, voir les tableaux 11 et 12.
- **Radicaux** : lèv-, lev-, lèver-.

INDICATIF

Présent	Imparfait	Passé simple	Futur simple
je lèv ***e***	je lev ***ais***	je lev ***ai***	je lèver ***ai***
tu lèv ***es***	tu lev ***ais***	tu lev ***as***	tu lèver ***as***
il lèv ***e***	il lev ***ait***	il lev ***a***	il lèver ***a***
nous lev ***ons***	nous lev ***ions***	nous lev ***âmes***	nous lèver ***ons***
vous lev ***ez***	vous lev ***iez***	vous lev ***âtes***	vous lèver ***ez***
ils lèv ***ent***	ils lev ***aient***	ils lev ***èrent***	ils lèver ***ont***

Passé composé	Plus-que-parfait	Passé antérieur	Futur antérieur
j' ai levé	j' avais levé	j' eus levé	j' aurai levé
tu as levé	tu avais levé	tu eus levé	tu auras levé
il a levé	il avait levé	il eut levé	il aura levé
nous avons levé	nous avions levé	nous eûmes levé	nous aurons levé
vous avez levé	vous aviez levé	vous eûtes levé	vous aurez levé
ils ont levé	ils avaient levé	ils eurent levé	ils auront levé

CONDITIONNEL

Présent	Passé 1re forme	Passé 2e forme
je lèver ***ais***	j' aurais levé	j' eusse levé
tu lèver ***ais***	tu aurais levé	tu eusses levé
il lèver ***ait***	il aurait levé	il eût levé
nous lèver ***ions***	nous aurions levé	nous eussions levé
vous lèver ***iez***	vous auriez levé	vous eussiez levé
ils lèver ***aient***	ils auraient levé	ils eussent levé

IMPÉRATIF

Présent

lèv ***e*** / lev ***ons*** / lev ***ez***

Passé

aie levé / ayons levé / ayez levé

SUBJONCTIF

Présent	Imparfait	Passé	Plus-que-parfait
que je lèv ***e***	que je lev ***asse***	que j' aie levé	que j' eusse levé
que tu lèv ***es***	que tu lev ***asses***	que tu aies levé	que tu eusses levé
qu' il lèv ***e***	qu' il lev ***ât***	qu' il ait levé	qu' il eût levé
que nous lev ***ions***	que nous lev ***assions***	que n. ayons levé	que n. eussions levé
que vous lev ***iez***	que vous lev ***assiez***	que v. ayez levé	que v. eussiez levé
qu' ils lèv ***ent***	qu' ils lev ***assent***	qu' ils aient levé	qu' ils eussent levé

INFINITIF

Présent	Passé
lever	avoir levé

PARTICIPE

Présent	Passé
levant	levé ayant levé

GÉRONDIF

Présent	Passé
en levant	en ayant levé

1er groupe verbes en -ger \ manger 14

- Même conjugaison pour les verbes : arranger, changer, obliger, voyager...
- Prend un **e** après le **g** devant les voyelles **a** et **o** (je mangeai, qu'elle mangeât, nous mangeons).
- **Radicaux** : mang-, mange-, manger-.

INDICATIF

Présent	Imparfait	Passé simple	Futur simple
je mang ***e***	je mange ***ais***	je mange ***ai***	je manger ***ai***
tu mang ***es***	tu mange ***ais***	tu mange ***as***	tu manger ***as***
il mang ***e***	il mange ***ait***	il mange ***a***	il manger ***a***
nous mange ***ons***	nous mang ***ions***	nous mange ***âmes***	nous manger ***ons***
vous mang ***ez***	vous mang ***iez***	vous mange ***âtes***	vous manger ***ez***
ils mang ***ent***	ils mange ***aient***	ils mang ***èrent***	ils manger ***ont***

Passé composé	Plus-que-parfait	Passé antérieur	Futur antérieur
j' ai mangé	j' avais mangé	j' eus mangé	j' aurai mangé
tu as mangé	tu avais mangé	tu eus mangé	tu auras mangé
il a mangé	il avait mangé	il eut mangé	il aura mangé
nous avons mangé	nous avions mangé	nous eûmes mangé	nous aurons mangé
vous avez mangé	vous aviez mangé	vous eûtes mangé	vous aurez mangé
ils ont mangé	ils avaient mangé	ils eurent mangé	ils auront mangé

CONDITIONNEL

Présent	Passé 1re forme	Passé 2e forme
je manger ***ais***	j' aurais mangé	j' eusse mangé
tu manger ***ais***	tu aurais mangé	tu eusses mangé
il manger ***ait***	il aurait mangé	il eût mangé
nous manger ***ions***	nous aurions mangé	nous eussions mangé
vous manger ***iez***	vous auriez mangé	vous eussiez mangé
ils manger ***aient***	ils auraient mangé	ils eussent mangé

IMPÉRATIF

Présent

mang ***e*** / mange ***ons*** / mang ***ez***

Passé

aie mangé / ayons mangé / ayez mangé

SUBJONCTIF

Présent	Imparfait	Passé	Plus-que-parfait
que je mang ***e***	que je mange ***asse***	que j' aie mangé	que j' eusse mangé
que tu mang ***es***	que tu mange ***asses***	que tu aies mangé	que tu eusses mangé
qu' il mang ***e***	qu' il mange ***ât***	qu' il ait mangé	qu' il eût mangé
que nous mang ***ions***	que nous mange ***assions***	que n. ayons mangé	que n. eussions mangé
que vous mang ***iez***	que vous mange ***assiez***	que v. ayez mangé	que v. eussiez mangé
qu' ils mang ***ent***	qu' ils mange ***assent***	qu' ils aient mangé	qu' ils eussent mangé

INFINITIF Présent	INFINITIF Passé	PARTICIPE Présent	PARTICIPE Passé	GÉRONDIF Présent	GÉRONDIF Passé
manger	avoir mangé	mangeant	mangé ayant mangé	en mangeant	en ayant mangé

15 payer / 1er groupe verbes en -ayer

- Verbes qui admettent deux conjugaisons : **y** ou **i** devant un **e** muet.
- Prend un **i** après le **y** du radical à la 1re et à la 2e personne du pluriel de l'imparfait de l'indicatif et du présent du subjonctif (nous payions, que vous payiez).
- **Radicaux** : pai- ou pay-, paier- ou payer-.

INDICATIF

Présent	Imparfait	Passé simple	Futur simple
je pai ***e*** / pay ***e***	je pay ***ais***	je pay ***ai***	je paier ***ai*** / payer ***ai***
tu pai ***es*** / pay ***es***	tu pay ***ais***	tu pay ***as***	tu paier ***as*** / payer ***as***
il pai ***e*** / pay ***e***	il pay ***ait***	il pay ***a***	il paier ***a*** / payer ***a***
nous pay ***ons***	nous pay ***ions***	nous pay ***âmes***	nous paier ***ons*** / payer ***ons***
vous pay ***ez***	vous pay ***iez***	vous pay ***âtes***	vous paier ***ez*** / payer ***ez***
ils pai ***ent*** / pay ***ent***	ils pay ***aient***	ils pay ***èrent***	ils paier ***ont*** / payer ***ont***

Passé composé	Plus-que-parfait	Passé antérieur	Futur antérieur
j' ai payé	j' avais payé	j' eus payé	j' aurai payé
tu as payé	tu avais payé	tu eus payé	tu auras payé
il a payé	il avait payé	il eut payé	il aura payé
nous avons payé	nous avions payé	nous eûmes payé	nous aurons payé
vous avez payé	vous aviez payé	vous eûtes payé	vous aurez payé
ils ont payé	ils avaient payé	ils eurent payé	ils auront payé

CONDITIONNEL

Présent	Passé 1re forme	Passé 2e forme
je paier ***ais*** / payer ***ais***	j' aurais payé	j' eusse payé
tu paier ***ais*** / payer ***ais***	tu aurais payé	tu eusses payé
il paier ***ait*** / payer ***ait***	il aurait payé	il eût payé
nous paier ***ions*** / payer ***ions***	nous aurions payé	nous eussions payé
vous paier ***iez*** / payer ***iez***	vous auriez payé	vous eussiez payé
ils paier ***aient*** / payer ***aient***	ils auraient payé	ils eussent payé

IMPÉRATIF

Présent

pai ***e*** ou pay ***e*** / pay ***ons*** / pay ***ez***

Passé

aie payé / ayons payé / ayez payé

SUBJONCTIF

Présent	Imparfait	Passé	Plus-que-parfait
que je pai ***e*** / pay ***e***	que je pay ***asse***	que j' aie payé	que j' eusse payé
que tu pai ***es*** / pay ***es***	que tu pay ***asses***	que tu aies payé	que tu eusses payé
qu' il pai ***e*** / pay ***e***	qu' il pay ***ât***	qu' il ait payé	qu' il eût payé
que n. pay ***ions***	que nous pay ***assions***	que n. ayons payé	que n. eussions payé
que v. pay ***iez***	que vous pay ***assiez***	que v. ayez payé	que v. eussiez payé
qu' ils pai ***ent*** / pay ***ent***	qu' ils pay ***asssent***	qu' ils aient payé	qu' ils eussent payé

INFINITIF		PARTICIPE		GÉRONDIF	
Présent	Passé	Présent	Passé	Présent	Passé
payer	avoir payé	payant	payé	en payant	en ayant payé

1er groupe verbes en -é.er \ régler 16

- Modèle suivi par tous les verbes ayant un **é** à l'avant-dernière syllabe : sécher, compléter, céder, posséder, aérer, espérer, répéter...
- La particularité de ces verbes est que le **é** devient **è** devant une terminaison en **e** muet (je règle, mais je réglais).
- Attention : au futur simple et au conditionnel présent, ces verbes conservent le **é** fermé.
- **Radicaux** : règl-, régl-, régler-.

INDICATIF

Présent	Imparfait	Passé simple	Futur simple
je règl ***e***	je régl ***ais***	je régl ***ai***	je régler ***ai***
tu règl ***es***	tu régl ***ais***	tu régl ***as***	tu régler ***as***
il règl ***e***	il régl ***ait***	il régl ***a***	il régler ***a***
nous régl ***ons***	nous régl ***ions***	nous régl ***âmes***	nous régler ***ons***
vous régl ***ez***	vous régl ***iez***	vous régl ***âtes***	vous régler ***ez***
ils règl ***ent***	ils régl ***aient***	ils régl ***èrent***	ils régler ***ont***

Passé composé	Plus-que-parfait	Passé antérieur	Futur antérieur
j' ai réglé	j' avais réglé	j' eus réglé	j' aurai réglé
tu as réglé	tu avais réglé	tu eus réglé	tu auras réglé
il a réglé	il avait réglé	il eut réglé	il aura réglé
nous avons réglé	nous avions réglé	nous eûmes réglé	nous aurons réglé
vous avez réglé	vous aviez réglé	vous eûtes réglé	vous aurez réglé
ils ont réglé	ils avaient réglé	ils eurent réglé	ils auront réglé

CONDITIONNEL

Présent	Passé 1re forme	Passé 2e forme
je régler ***ais***	j' aurais réglé	j' eusse réglé
tu régler ***ais***	tu aurais réglé	tu eusses réglé
il régler ***ait***	il aurait réglé	il eût réglé
nous régler ***ions***	nous aurions réglé	nous eussions réglé
vous régler ***iez***	vous auriez réglé	vous eussiez réglé
ils régler ***aient***	ils auraient réglé	ils eussent réglé

IMPÉRATIF

Présent

règl ***e*** / régl ***ons*** / régl ***ez***

Passé

aie réglé / ayons réglé / ayez réglé

SUBJONCTIF

Présent	Imparfait	Passé	Plus-que-parfait
que je règl ***e***	que je régl ***asse***	que j' aie réglé	que j' eusse réglé
que tu règl ***es***	que tu régl ***asses***	que tu aies réglé	que tu eusses réglé
qu' il règl ***e***	qu' il régl ***ât***	qu' il ait réglé	qu' il eût réglé
que nous régl ***ions***	que nous régl ***assions***	que n. ayons réglé	que n. eussions réglé
que vous régl ***iez***	que vous régl ***assiez***	que v. ayez réglé	que v. eussiez réglé
qu' ils règl ***ent***	qu' ils régl ***assent***	qu' ils aient réglé	qu' ils eussent réglé

INFINITIF

Présent	Passé
régler	avoir réglé

PARTICIPE

Présent	Passé
réglant	réglé ayant réglé

GÉRONDIF

Présent	Passé
en réglant	en ayant réglé

17 finir / 2e groupe verbe modèle

- Même conjugaison pour les verbes en -ir, dont le participe présent se termine en -issant.
- Les formes des indicatifs présent et passé simple sont identiques aux 3 personnes du singulier.
- Les formes des subjonctifs présent et imparfait sont identiques, sauf à la 3e personne du singulier.
- Le verbe maudire se conjugue sur ce modèle, bien que son infinitif se termine en -IRE et que son participe passé se termine par -t (maudit, maudite).
- **Radicaux** : fin-, finir-.

INDICATIF

Présent	Imparfait	Passé simple	Futur simple
je fin ***is***	je fin ***issais***	je fin ***is***	je finir ***ai***
tu fin ***is***	tu fin ***issais***	tu fin ***is***	tu finir ***as***
il fin ***it***	il fin ***issait***	il fin ***it***	il finir ***a***
nous fin ***issons***	nous fin ***issions***	nous fin ***îmes***	nous finir ***ons***
vous fin ***issez***	vous fin ***issiez***	vous fin ***îtes***	vous finir ***ez***
ils fin ***issent***	ils fin ***issaient***	ils fin ***irent***	ils finir ***ont***

Passé composé	Plus-que-parfait	Passé antérieur	Futur antérieur
j' ai fini	j' avais fini	j' eus fini	j' aurai fini
tu as fini	tu avais fini	tu eus fini	tu auras fini
il a fini	il avait fini	il eut fini	il aura fini
nous avons fini	nous avions fini	nous eûmes fini	nous aurons fini
vous avez fini	vous aviez fini	vous eûtes fini	vous aurez fini
ils ont fini	ils avaient fini	ils eurent fini	ils auront fini

CONDITIONNEL

Présent	Passé 1re forme	Passé 2e forme
je finir ***ais***	j' aurais fini	j' eusse fini
tu finir ***ais***	tu aurais fini	tu eusses fini
il finir ***ait***	il aurait fini	il eût fini
nous finir ***ions***	nous aurions fini	nous eussions fini
vous finir ***iez***	vous auriez fini	vous eussiez fini
ils finir ***aient***	ils auraient fini	ils eussent fini

IMPÉRATIF

Présent

fin ***is*** / fin ***issons*** / fin ***issez***

Passé

aie fini / ayons fini / ayez fini

SUBJONCTIF

Présent	Imparfait	Passé	Plus-que-parfait
que je fin ***isse***	que je fin ***isse***	que j' aie fini	que j' eusse fini
que tu fin ***isses***	que tu fin ***isses***	que tu aies fini	que tu eusses fini
qu' il fin ***isse***	qu' il fin ***ît***	qu' il ait fini	qu' il eût fini
que nous fin ***issions***	que nous fin ***issions***	que n. ayons fini	que n. eussions fini
que vous fin ***issiez***	que vous fin ***issiez***	que v. ayez fini	que v. eussiez fini
qu' ils fin ***issent***	qu' ils fin ***issent***	qu' ils aient fini	qu' ils eussent fini

INFINITIF

Présent	Passé
finir	avoir fini

PARTICIPE

Présent	Passé
finissant	fini ayant fini

GÉRONDIF

Présent	Passé
en finissant	en ayant fini

2e groupe \ haïr 18

- Haïr est le seul verbe de cette conjugaison.
- Il prend un tréma sur le **i** dans toute sa conjugaison sauf aux personnes du singulier du présent de l'indicatif et de l'impératif (je hais, tu hais, il hait, hais).
- Il n'y a donc pas d'accent circonflexe à l'indicatif passé simple et au subjonctif imparfait.
- Les formes des subjonctifs présent et imparfait sont identiques, sauf à la 3e personne du singulier.
- **Radicaux** : ha-, haïr-.

INDICATIF

Présent	Imparfait	Passé simple	Futur simple
je ha *is*	je ha *ïssais*	je ha *ïs*	je haïr *ai*
tu ha *is*	tu ha *ïssais*	tu ha *ïs*	tu haïr *as*
il ha *it*	il ha *ïssait*	il ha *ït*	il haïr *a*
nous ha *ïssons*	nous ha *ïssions*	nous ha *ïmes*	nous haïr *ons*
vous ha *ïssez*	vous ha *ïssiez*	vous ha *ïtes*	vous haïr *ez*
ils ha *ïssent*	ils ha *ïssaient*	ils ha *ïrent*	ils haïr *ont*

Passé composé	Plus-que-parfait	Passé antérieur	Futur antérieur
j' ai haï	j' avais haï	j' eus haï	j' aurai haï
tu as haï	tu avais haï	tu eus haï	tu auras haï
il a haï	il avait haï	il eut haï	il aura haï
nous avons haï	nous avions haï	nous eûmes haï	nous aurons haï
vous avez haï	vous aviez haï	vous eûtes haï	vous aurez haï
ils ont haï	ils avaient haï	ils eurent haï	ils auront haï

CONDITIONNEL

Présent	Passé 1re forme	Passé 2e forme
je haïr *ais*	j' aurais haï	j' eusse haï
tu haïr *ais*	tu aurais haï	tu eusses haï
il haïr *ait*	il aurait haï	il eût haï
nous haïr *ions*	nous aurions haï	nous eussions haï
vous haïr *iez*	vous auriez haï	vous eussiez haï
ils haïr *aient*	ils auraient haï	ils eussent haï

IMPÉRATIF

Présent

ha *is* / ha *ïssons* / ha *ïssez*

Passé

aie haï / ayons haï / ayez haï

SUBJONCTIF

Présent	Imparfait	Passé	Plus-que-parfait
que je ha *ïsse*	que je ha *ïsse*	que j' aie haï	que j' eusse haï
que tu ha *ïsses*	que tu ha *ïsses*	que tu aies haï	que tu eusses haï
qu' il ha *ïsse*	qu' il ha *ït*	qu' il ait haï	qu' il eût haï
que nous ha *ïssions*	que nous ha *ïssions*	que n. ayons haï	que n. eussions haï
que vous ha *ïssiez*	que vous ha *ïssiez*	que v. ayez haï	que v. eussiez haï
qu' ils ha *ïssent*	qu' ils ha *ïssent*	qu' ils aient haï	qu' ils eussent haï

INFINITIF		PARTICIPE		GÉRONDIF	
Présent	Passé	Présent	Passé	Présent	Passé
haïr	avoir haï	haïssant	haï ayant haï	en haïssant	en ayant haï

19 aller / 3e groupe

- Exception des verbes se terminant par -er et n'appartenant pas au 1er groupe.
- L'impératif singulier prend un s lorsqu'il est suivi du pronom adverbial y (vas-y).
- Le verbe aller sert à conjuguer le futur proche (je vais partir).
- **Radicaux** : v-, all-, ir-, aill-.

INDICATIF

Présent	Imparfait	Passé simple	Futur simple
je v *ais*	j' all *ais*	j' all *ai*	j' ir *ai*
tu v *as*	tu all *ais*	tu all *as*	tu ir *as*
il v *a*	il all *ait*	il all *a*	il ir *a*
nous all *ons*	nous all *ions*	nous all *âmes*	nous ir *ons*
vous all *ez*	vous all *iez*	vous all *âtes*	vous ir *ez*
ils v *ont*	ils all *aient*	ils all *èrent*	ils ir *ont*

Passé composé	Plus-que-parfait	Passé antérieur	Futur antérieur
je suis allé	j' étais allé	je fus allé	je serai allé
tu es allé	tu étais allé	tu fus allé	tu seras allé
il est allé	il était allé	il fut allé	il sera allé
nous sommes allés	nous étions allés	nous fûmes allés	nous serons allés
vous êtes allés	vous étiez allés	vous fûtes allés	vous serez allés
ils sont allés	ils étaient allés	ils furent allés	ils seront allés

CONDITIONNEL

Présent	Passé 1re forme	Passé 2e forme
j' ir *ais*	je serais allé	je fusse allé
tu ir *ais*	tu serais allé	tu fusses allé
il ir *ait*	il serait allé	il fût allé
nous ir *ions*	nous serions allés	nous fussions allés
vous ir *iez*	vous seriez allés	vous fussiez allés
ils ir *aient*	ils seraient allés	ils fussent allés

IMPÉRATIF

Présent

v *a* / all *ons* / all *ez*

Passé

sois allé / soyons allés / soyez allés

SUBJONCTIF

Présent	Imparfait	Passé	Plus-que-parfait
que j' aill *e*	que j' all *asse*	que je sois allé	que je fusse allé
que tu aill *es*	que tu all *asses*	que tu sois allé	que tu fusses allé
qu' il aill *e*	qu' il all *ât*	qu' il soit allé	qu' il fût allé
que nous all *ions*	que nous all *assions*	que n. soyons allés	que n. fussions allés
que vous all *iez*	que vous all *assiez*	que v. soyez allés	que v. fussiez allés
qu' ils aill *ent*	qu' ils all *assent*	qu' ils soient allés	qu' ils fussent allés

INFINITIF

Présent	Passé
aller	être allé

PARTICIPE

Présent	Passé
allant	allé étant allé

GÉRONDIF

Présent	Passé
en allant	en étant allé

- Ce verbe admet deux conjugaisons. Les formes en **ie** et **ey** (j'assieds, j'asseyais) s'imposent face à celles en **oi** et **oy** (j'assois, j'assoyais).
- S'emploie avec l'auxiliaire avoir lorsqu'il est transitif et être lorsqu'il se présente sous sa forme pronominale.
- Prend un **i** après le **y** à la 1re personne et à la 2e personne du pluriel de l'imparfait de l'indicatif et du présent du subjonctif (nous asseyions, que vous asseyiez).
- **Radicaux** : assied-, assey-, ass-, assiér-.

INDICATIF

Présent	Imparfait	Passé simple	Futur simple
j' assied ***s***	j' assey ***ais***	j' ass ***is***	j' assiér ***ai***
tu assied ***s***	tu assey ***ais***	tu ass ***is***	tu assiér ***as***
il assied	il assey ***ait***	il ass ***it***	il assiér ***a***
nous assey ***ons***	nous assey ***ions***	nous ass ***îmes***	nous assiér ***ons***
vous assey ***ez***	vous assey ***iez***	vous ass ***îtes***	vous assiér ***ez***
ils assey ***ent***	ils assey ***aient***	ils ass ***irent***	ils assiér ***ont***

Passé composé	Plus-que-parfait	Passé antérieur	Futur antérieur
j' ai assis	j' avais assis	j' eus assis	j' aurai assis
tu as assis	tu avais assis	tu eus assis	tu auras assis
il a assis	il avait assis	il eut assis	il aura assis
nous avons assis	nous avions assis	nous eûmes assis	nous aurons assis
vous avez assis	vous aviez assis	vous eûtes assis	vous aurez assis
ils ont assis	ils avaient assis	ils eurent assis	ils auront assis

CONDITIONNEL

Présent	Passé 1re forme	Passé 2e forme
j' assiér ***ais***	j' aurais assis	j' eusse assis
tu assiér ***ais***	tu aurais assis	tu eusses assis
il assiér ***ait***	il aurait assis	il eût assis
nous assiér ***ions***	nous aurions assis	nous eussions assis
vous assiér ***iez***	vous auriez assis	vous eussiez assis
ils assiér ***aient***	ils auraient assis	ils eussent assis

IMPÉRATIF

Présent

assied ***s*** / assey ***ons*** / assey ***ez***

Passé

aie assis / ayons assis / ayez assis

SUBJONCTIF

Présent	Imparfait	Passé	Plus-que-parfait
que j' assey ***e***	que j' ass ***isse***	que j' aie assis	que j' eusse assis
que tu assey ***es***	que tu ass ***isses***	que tu aies assis	que tu eusses assis
qu' il assey ***e***	qu' il ass ***ît***	qu' il ait assis	qu' il eût assis
que nous assey ***ions***	que nous ass ***issions***	que n. ayons assis	que n. eussions assis
que vous assey ***iez***	que vous ass ***issiez***	que v. ayez assis	que v. eussiez assis
qu' ils assey ***ent***	qu' ils ass ***issent***	qu' ils aient assis	qu' ils eussent assis

INFINITIF

Présent	Passé
asseoir	avoir assis

PARTICIPE

Présent	Passé
asseyant	assis ayant assis

GÉRONDIF

Présent	Passé
en asseyant	en ayant assis

21 atteindre / 3e groupe verbes en -indre

- Tous les verbes en -indre (-eindre, -aindre et -oindre) suivent ce modèle.
- Le **d** du radical disparaît partout, sauf au futur simple de l'indicatif (j'atteindrai) et au présent du conditionnel (j'atteindrais).
- Ne pas oublier le **i** après le **gn** à la 1re personne et à la 2e personne du pluriel de l'imparfait de l'indicatif et du présent du subjonctif (nous peig**n**ions, que vous peig**n**iez).
- **Radicaux** : attein-, atteign-, atteindr-.

INDICATIF

Présent	Imparfait	Passé simple	Futur simple
j' attein ***s***	j' atteign ***ais***	j' atteign ***is***	j' atteindr ***ai***
tu attein ***s***	tu atteign ***ais***	tu atteign ***is***	tu atteindr ***as***
il attein ***t***	il atteign ***ait***	il atteign ***it***	il atteindr ***a***
nous atteign ***ons***	nous atteign ***ions***	nous atteign ***îmes***	nous atteindr ***ons***
vous atteign ***ez***	vous atteign ***iez***	vous atteign ***îtes***	vous atteindr ***ez***
ils atteign ***ent***	ils atteign ***aient***	ils atteign ***irent***	ils atteindr ***ont***

Passé composé	Plus-que-parfait	Passé antérieur	Futur antérieur
j' ai atteint	j' avais atteint	j' eus atteint	j' aurai atteint
tu as atteint	tu avais atteint	tu eus atteint	tu auras atteint
il a atteint	il avait atteint	il eut atteint	il aura atteint
nous avons atteint	nous avions atteint	nous eûmes atteint	nous aurons atteint
vous avez atteint	vous aviez atteint	vous eûtes atteint	vous aurez atteint
ils ont atteint	ils avaient atteint	ils eurent atteint	ils auront atteint

CONDITIONNEL

Présent	Passé 1re forme	Passé 2e forme
j' atteindr ***ais***	j' aurais atteint	j' eusse atteint
tu atteindr ***ais***	tu aurais atteint	tu eusses atteint
il atteindr ***ait***	il aurait atteint	il eût atteint
nous atteindr ***ions***	nous aurions atteint	nous eussions atteint
vous atteindr ***iez***	vous auriez atteint	vous eussiez atteint
ils atteindr ***aient***	ils auraient atteint	ils eussent atteint

IMPÉRATIF

Présent

attein ***s*** / atteign ***ons*** / atteign ***ez***

Passé

aie atteint / ayons atteint / ayez atteint

SUBJONCTIF

Présent	Imparfait	Passé	Plus-que-parfait
que j' atteign ***e***	que j' atteign ***isse***	que j' aie atteint	que j' eusse atteint
que tu atteign ***es***	que tu atteign ***isses***	que tu aies atteint	que tu eusses atteint
qu' il atteign ***e***	qu' il atteign ***ît***	qu' il ait atteint	qu' il eût atteint
que nous atteign ***ions***	que nous atteign ***issions***	que n. ayons atteint	que n. eussions atteint
que vous atteign ***iez***	que vous atteign ***issiez***	que v. ayez atteint	que v. eussiez atteint
qu' ils atteign ***ent***	qu' ils atteign ***issent***	qu' ils aient atteint	qu' ils eussent atteint

INFINITIF

Présent	Passé
atteindre	avoir atteint

PARTICIPE

Présent	Passé
atteignant	atteint ayant atteint

GÉRONDIF

Présent	Passé
en atteignant	en ayant atteint

- Même conjugaison pour ses dérivés : abattre, combattre, débattre, s'ébattre, rabattre...
- Attention : bats à la 1re et à la 2e personne du singulier de l'indicatif présent et à la 2e personne du singulier de l'impératif présent.
- Le participe passé est en **u**, alors que le passé simple est en **i**.
- **Radicaux** : bat-, batt-, battr-.

INDICATIF

Présent	Imparfait	Passé simple	Futur simple
je bat ***s***	je batt ***ais***	je batt ***is***	je battr ***ai***
tu bat ***s***	tu batt ***ais***	tu batt ***is***	tu battr ***as***
il bat	il batt ***ait***	il batt ***it***	il battr ***a***
nous batt ***ons***	nous batt ***ions***	nous batt ***îmes***	nous battr ***ons***
vous batt ***ez***	vous batt ***iez***	vous batt ***îtes***	vous battr ***ez***
ils batt ***ent***	ils batt ***aient***	ils batt ***irent***	ils battr ***ont***

Passé composé	Plus-que-parfait	Passé antérieur	Futur antérieur
j' ai battu	j' avais battu	j' eus battu	j' aurai battu
tu as battu	tu avais battu	tu eus battu	tu auras battu
il a battu	il avait battu	il eut battu	il aura battu
nous avons battu	nous avions battu	nous eûmes battu	nous aurons battu
vous avez battu	vous aviez battu	vous eûtes battu	vous aurez battu
ils ont battu	ils avaient battu	ils eurent battu	ils auront battu

CONDITIONNEL

Présent	Passé 1re forme	Passé 2e forme
je battr ***ais***	j' aurais battu	j' eusse battu
tu battr ***ais***	tu aurais battu	tu eusses battu
il battr ***ait***	il aurait battu	il eût battu
nous battr ***ions***	nous aurions battu	nous eussions battu
vous battr ***iez***	vous auriez battu	vous eussiez battu
ils battr ***aient***	ils auraient battu	ils eussent battu

IMPÉRATIF

Présent

bat ***s*** / batt ***ons*** / batt ***ez***

Passé

aie battu / ayons battu / ayez battu

SUBJONCTIF

Présent	Imparfait	Passé	Plus-que-parfait
que je batt ***e***	que je batt ***isse***	que j' aie battu	que j' eusse battu
que tu batt ***es***	que tu batt ***isses***	que tu aies battu	que tu eusses battu
qu' il batt ***e***	qu' il batt ***ît***	qu' il ait battu	qu' il eût battu
que nous batt ***ions***	que nous batt ***issions***	que n. ayons battu	que n. eussions battu
que vous batt ***iez***	que vous batt ***issiez***	que v. ayez battu	que v. eussiez battu
qu' ils batt ***ent***	qu' ils batt ***issent***	qu' ils aient battu	qu' ils eussent battu

INFINITIF

Présent	Passé
battre	avoir battu

PARTICIPE

Présent	Passé
battant	battu ayant battu

GÉRONDIF

Présent	Passé
en battant	en ayant battu

23 boire / 3e groupe

- Attention : bois aux deux 1res personnes du singulier du présent de l'indicatif et à la 2e personne du singulier du présent de l'impératif.
- **Radicaux** : boi-, buv-, boiv-, b-, boir-.

INDICATIF

Présent	Imparfait	Passé simple	Futur simple
je boi ***s***	je buv ***ais***	je b ***us***	je boir ***ai***
tu boi ***s***	tu buv ***ais***	tu b ***us***	tu boir ***as***
il boi ***t***	il buv ***ait***	il b ***ut***	il boir ***a***
nous buv ***ons***	nous buv ***ions***	nous b ***ûmes***	nous boir ***ons***
vous buv ***ez***	vous buv ***iez***	vous b ***ûtes***	vous boir ***ez***
ils boiv ***ent***	ils buv ***aient***	ils b ***urent***	ils boir ***ont***

Passé composé	Plus-que-parfait	Passé antérieur	Futur antérieur
j' ai bu	j' avais bu	j' eus bu	j' aurai bu
tu as bu	tu avais bu	tu eus bu	tu auras bu
il a bu	il avait bu	il eut bu	il aura bu
nous avons bu	nous avions bu	nous eûmes bu	nous aurons bu
vous avez bu	vous aviez bu	vous eûtes bu	vous aurez bu
ils ont bu	ils avaient bu	ils eurent bu	ils auront bu

CONDITIONNEL

Présent	Passé 1re forme	Passé 2e forme
je boir ***ais***	j' aurais bu	j' eusse bu
tu boir ***ais***	tu aurais bu	tu eusses bu
il boir ***ait***	il aurait bu	il eût bu
nous boir ***ions***	nous aurions bu	nous eussions bu
vous boir ***iez***	vous auriez bu	vous eussiez bu
ils boir ***aient***	ils auraient bu	ils eussent bu

IMPÉRATIF

Présent

boi ***s*** / buv ***ons*** / buv ***ez***

Passé

aie bu / ayons bu / ayez bu

SUBJONCTIF

Présent	Imparfait	Passé	Plus-que-parfait
que je boiv ***e***	que je b ***usse***	que j' aie bu	que j' eusse bu
que tu boiv ***es***	que tu b ***usses***	que tu aies bu	que tu eusses bu
qu' il boiv ***e***	qu' il b ***ût***	qu' il ait bu	qu' il eût bu
que nous buv ***ions***	que nous b ***ussions***	que n. ayons bu	que n. eussions bu
que vous buv ***iez***	que vous b ***ussiez***	que v. ayez bu	que v. eussiez bu
qu' ils boiv ***ent***	qu' ils b ***ussent***	qu' ils aient bu	qu' ils eussent bu

INFINITIF		PARTICIPE		GÉRONDIF	
Présent	Passé	Présent	Passé	Présent	Passé
boire	avoir bu	buvant	bu ayant bu	en buvant	en ayant bu

bouillir 24

- La base -ill du radical se retrouve à toutes les formes, sauf aux personnes du singulier du présent de l'indicatif et de l'impératif (je bous, tu bous, il bout, bous).
- Attention : ne pas oublier le **i** après -ll- à la 1re et à la 2e personne du pluriel de l'imparfait de l'indicatif et du subjonctif présent (nous bouill**i**ons, que vous bouill**i**ez).
- **Radicaux** : bou-, bouill-, bouillir-.

INDICATIF

Présent	Imparfait	Passé simple	Futur simple
je bou ***s***	je bouill ***ais***	je bouill ***is***	je bouillir ***ai***
tu bou ***s***	tu bouill ***ais***	tu bouill ***is***	tu bouillir ***as***
il bou ***t***	il bouill ***ait***	il bouill ***it***	il bouillir ***a***
nous bouill ***ons***	nous bouill ***ions***	nous bouill ***îmes***	nous bouillir ***ons***
vous bouill ***ez***	vous bouill ***iez***	vous bouill ***îtes***	vous bouillir ***ez***
ils bouill ***ent***	ils bouill ***aient***	ils bouill ***irent***	ils bouillir ***ont***

Passé composé	Plus-que-parfait	Passé antérieur	Futur antérieur
j' ai bouilli	j' avais bouilli	j' eus bouilli	j' aurai bouilli
tu as bouilli	tu avais bouilli	tu eus bouilli	tu auras bouilli
il a bouilli	il avait bouilli	il eut bouilli	il aura bouilli
nous avons bouilli	nous avions bouilli	nous eûmes bouilli	nous aurons bouilli
vous avez bouilli	vous aviez bouilli	vous eûtes bouilli	vous aurez bouilli
ils ont bouilli	ils avaient bouilli	ils eurent bouilli	ils auront bouilli

CONDITIONNEL

Présent	Passé 1re forme	Passé 2e forme
je bouillir ***ais***	j' aurais bouilli	j' eusse bouilli
tu bouillir ***ais***	tu aurais bouilli	tu eusses bouilli
il bouillir ***ait***	il aurait bouilli	il eût bouilli
nous bouillir ***ions***	nous aurions bouilli	nous eussions bouilli
vous bouillir ***iez***	vous auriez bouilli	vous eussiez bouilli
ils bouillir ***aient***	ils auraient bouilli	ils eussent bouilli

IMPÉRATIF

Présent

bou ***s*** / bouill ***ons*** / bouill ***ez***

Passé

aie bouilli / ayons bouilli / ayez bouilli

SUBJONCTIF

Présent	Imparfait	Passé	Plus-que-parfait
que je bouill ***e***	que je bouill ***isse***	que j' aie bouilli	que j' eusse bouilli
que tu bouill ***es***	que tu bouill ***isses***	que tu aies bouilli	que tu eusses bouilli
qu' il bouill ***e***	qu' il bouill ***ît***	qu' il ait bouilli	qu' il eût bouilli
que nous bouill ***ions***	que nous bouill ***issions***	que n. ayons bouilli	que n. eussions bouilli
que vous bouill ***iez***	que vous bouill ***issiez***	que v. ayez bouilli	que v. eussiez bouilli
qu' ils bouill ***ent***	qu' ils bouill ***issent***	qu' ils aient bouilli	qu' ils eussent bouilli

INFINITIF

Présent	Passé
bouillir	avoir bouilli

PARTICIPE

Présent	Passé
bouillant	bouilli ayant bouilli

GÉRONDIF

Présent	Passé
en bouillant	en ayant bouilli

25 clore / 3e groupe

- Exemple de verbe défectif (ne possède pas, dans l'usage réel, toutes les formes).
- Un accent circonflexe est présent uniquement à la 3e personne du singulier du présent de l'indicatif (elle clôt).
- Éclore ne s'emploie qu'à la 3e personne (il éclot : sans accent circonflexe). Enclore possède les formes nous enclosons, vous enclosez ; enclosons, enclosez (il enclot : sans accent circonflexe). Déclore ne prend pas d'accent circonflexe (il déclot).
- **Radicaux** : clo-, clô-, clor-, clos-.

INDICATIF

Présent	Imparfait	Passé simple	Futur simple
je clo ***s***	–	–	je clor ***ai***
tu clo ***s***			tu clor ***as***
il clô ***t***			il clor ***a***
–			nous clor ***ons***
			vous clor ***ez***
ils clo ***sent***			ils clor ***ont***

Passé composé	Plus-que-parfait	Passé antérieur	Futur antérieur
j' ai clos	j' avais clos	j' eus clos	j' aurai clos
tu as clos	tu avais clos	tu eus clos	tu auras clos
il a clos	il avait clos	il eut clos	il aura clos
nous avons clos	nous avions clos	nous eûmes clos	nous aurons clos
vous avez clos	vous aviez clos	vous eûtes clos	vous aurez clos
ils ont clos	ils avaient clos	ils eurent clos	ils auront clos

CONDITIONNEL

Présent	Passé 1re forme	Passé 2e forme
je clor ***ais***	j' aurais clos	j' eusse clos
tu clor ***ais***	tu aurais clos	tu eusses clos
il clor ***ait***	il aurait clos	il eût clos
nous clor ***ions***	nous aurions clos	nous eussions clos
vous clor ***iez***	vous auriez clos	vous eussiez clos
ils clor ***aient***	ils auraient clos	ils eussent clos

IMPÉRATIF

Présent
clos – –

Passé
aie clos / ayons clos / ayez clos

SUBJONCTIF

Présent	Imparfait	Passé	Plus-que-parfait
que je clos ***e***	–	que j' aie clos	que j' eusse clos
que tu clos ***es***		que tu aies clos	que tu eusses clos
qu' il clos ***e***		qu' il ait clos	qu' il eût clos
que nous clos ***ions***		que n. ayons clos	que n. eussions clos
que vous clos ***iez***		que v. ayez clos	que v. eussiez clos
qu' ils clos ***ent***		qu' ils aient clos	qu' ils eussent clos

INFINITIF

Présent	Passé
clore	avoir clos

PARTICIPE

Présent	Passé
closant	clos ayant clos

GÉRONDIF

Présent	Passé
en closant	en ayant clos

3e groupe
verbes en -ure

conclure 26

- À l'indicatif présent, ne pas confondre les terminaisons du 1er groupe (-e, -es, -e) avec celles de ce verbe (-s, -s, -t).
- Exclure a pour participe passé exclu/exclue. Inclure a pour participe passé inclus/incluse.
- **Radicaux** : conclu-, concl- et conclur-.

INDICATIF

Présent	Imparfait	Passé simple	Futur simple
je conclu ***s***	je conclu ***ais***	je concl ***us***	je conclur ***ai***
tu conclu ***s***	tu conclu ***ais***	tu concl ***us***	tu conclur ***as***
il conclu ***t***	il conclu ***ait***	il concl ***ut***	il conclur ***a***
nous conclu ***ons***	nous conclu ***ions***	nous concl ***ûmes***	nous conclur ***ons***
vous conclu ***ez***	vous conclu ***iez***	vous concl ***ûtes***	vous conclur ***ez***
ils conclu ***ent***	ils conclu ***aient***	ils concl ***urent***	ils conclur ***ont***

Passé composé	Plus-que-parfait	Passé antérieur	Futur antérieur
j' ai conclu	j' avais conclu	j' eus conclu	j' aurai conclu
tu as conclu	tu avais conclu	tu eus conclu	tu auras conclu
il a conclu	il avait conclu	il eut conclu	il aura conclu
nous avons conclu	nous avions conclu	nous eûmes conclu	nous aurons conclu
vous avez conclu	vous aviez conclu	vous eûtes conclu	vous aurez conclu
ils ont conclu	ils avaient conclu	ils eurent conclu	ils auront conclu

CONDITIONNEL

Présent	Passé 1re forme	Passé 2e forme
je conclur ***ais***	j' aurais conclu	j' eusse conclu
tu conclur ***ais***	tu aurais conclu	tu eusses conclu
il conclur ***ait***	il aurait conclu	il eût conclu
nous conclur ***ions***	nous aurions conclu	nous eussions conclu
vous conclur ***iez***	vous auriez conclu	vous eussiez conclu
ils conclur ***aient***	ils auraient conclu	ils eussent conclu

IMPÉRATIF

Présent

conclu ***s*** / conclu ***ons*** / conclu ***ez***

Passé

aie conclu / ayons conclu / ayez conclu

SUBJONCTIF

Présent	Imparfait	Passé	Plus-que-parfait
que je conclu ***e***	que je concl ***usse***	que j' aie conclu	que j' eusse conclu
que tu conclu ***es***	que tu concl ***usses***	que tu aies conclu	que tu eusses conclu
qu' il conclu ***e***	qu' il concl ***ût***	qu' il ait conclu	qu' il eût conclu
que nous conclu ***ions***	que nous concl ***ussions***	que n. ayons conclu	que n. eussions conclu
que vous conclu ***iez***	que vous concl ***ussiez***	que v. ayez conclu	que v. eussiez conclu
qu' ils conclu ***ent***	qu' ils concl ***ussent***	qu' ils aient conclu	qu' ils eussent conclu

INFINITIF

Présent	Passé
conclure	avoir conclu

PARTICIPE

Présent	Passé
concluant	conclu ayant conclu

GÉRONDIF

Présent	Passé
en concluant	en ayant conclu

27 connaître / 3e groupe verbes en -aître

- Même conjugaison pour paître, paraître et les dérivés (méconnaître, reconnaître, repaître, apparaître, comparaître, disparaître, réapparaître, reparaître, transparaître).
- Si le **i** est suivi d'un **t**, il prend un accent circonflexe.
- **Radicaux** : connai-, connaît-, connaiss-, conn-, connaîtr-.

INDICATIF

Présent	Imparfait	Passé simple	Futur simple
je connai ***s***	je connaiss ***ais***	je conn ***us***	je connaîtr ***ai***
tu connai ***s***	tu connaiss ***ais***	tu conn ***us***	tu connaîtr ***as***
il connaît	il connaiss ***ait***	il conn ***ut***	il connaîtr ***a***
nous connaiss ***ons***	nous connaiss ***ions***	nous conn ***ûmes***	nous connaîtr ***ons***
vous connaiss ***ez***	vous connaiss ***iez***	vous conn ***ûtes***	vous connaîtr ***ez***
ils connaiss ***ent***	ils connaiss ***aient***	ils conn ***urent***	ils connaîtr ***ont***

Passé composé	Plus-que-parfait	Passé antérieur	Futur antérieur
j' ai connu	j' avais connu	j' eus connu	j' aurai connu
tu as connu	tu avais connu	tu eus connu	tu auras connu
il a connu	il avait connu	il eut connu	il aura connu
nous avons connu	nous avions connu	nous eûmes connu	nous aurons connu
vous avez connu	vous aviez connu	vous eûtes connu	vous aurez connu
ils ont connu	ils avaient connu	ils eurent connu	ils auront connu

CONDITIONNEL

Présent	Passé 1re forme	Passé 2e forme
je connaîtr ***ais***	j' aurais connu	j' eusse connu
tu connaîtr ***ais***	tu aurais connu	tu eusses connu
il connaîtr ***ait***	il aurait connu	il eût connu
nous connaîtr ***ions***	nous aurions connu	nous eussions connu
vous connaîtr ***iez***	vous auriez connu	vous eussiez connu
ils connaîtr ***aient***	ils auraient connu	ils eussent connu

IMPÉRATIF

Présent

connai ***s*** / connaiss ***ons*** / connaiss ***ez***

Passé

aie connu / ayons connu / ayez connu

SUBJONCTIF

Présent	Imparfait	Passé	Plus-que-parfait
que je connaiss ***e***	que je conn ***usse***	que j' aie connu	que j' eusse connu
que tu connaiss ***es***	que tu conn ***usses***	que tu aies connu	que tu eusses connu
qu' il connaiss ***e***	qu' il conn ***ût***	qu' il ait connu	qu' il eût connu
que nous connaiss ***ions***	que nous conn ***ussions***	que n. ayons connu	que n. eussions connu
que vous connaiss ***iez***	que vous conn ***ussiez***	que v. ayez connu	que v. eussiez connu
qu' ils connaiss ***ent***	qu' ils conn ***ussent***	qu' ils aient connu	qu' ils eussent connu

INFINITIF		PARTICIPE		GÉRONDIF	
Présent	Passé	Présent	Passé	Présent	Passé
connaître	avoir connu	connaissant	connu ayant connu	en connaissant	en ayant connu

conquérir 28

- Même conjugaison pour les verbes acquérir, s'enquérir et requérir.
- Doublement du **r** au futur simple de l'indicatif et au présent du conditionnel.
- **Radicaux** : conquier-, conquér-, conquièr-, conqu-, conquerr.

INDICATIF

Présent	Imparfait	Passé simple	Futur simple
je conquier ***s***	je conquér ***ais***	je conqu ***is***	je conquerr ***ai***
tu conquier ***s***	tu conquér ***ais***	tu conqu ***is***	tu conquerr ***as***
il conquier ***t***	il conquér ***ait***	il conqu ***it***	il conquerr ***a***
nous conquér ***ons***	nous conquér ***ions***	nous conqu ***îmes***	nous conquerr ***ons***
vous conquér ***ez***	vous conquér ***iez***	vous conqu ***îtes***	vous conquerr ***ez***
ils conquièr ***ent***	ils conquér ***aient***	ils conqu ***irent***	ils conquerr ***ont***

Passé composé	Plus-que-parfait	Passé antérieur	Futur antérieur
j' ai conquis	j' avais conquis	j' eus conquis	j' aurai conquis
tu as conquis	tu avais conquis	tu eus conquis	tu auras conquis
il a conquis	il avait conquis	il eut conquis	il aura conquis
nous avons conquis	nous avions conquis	nous eûmes conquis	nous aurons conquis
vous avez conquis	vous aviez conquis	vous eûtes conquis	vous aurez conquis
ils ont conquis	ils avaient conquis	ils eurent conquis	ils auront conquis

CONDITIONNEL

Présent	Passé 1re forme	Passé 2e forme
je conquerr ***ais***	j' aurais conquis	j' eusse conquis
tu conquerr ***ais***	tu aurais conquis	tu eusses conquis
il conquerr ***ait***	il aurait conquis	il eût conquis
nous conquerr ***ions***	nous aurions conquis	nous eussions conquis
vous conquerr ***iez***	vous auriez conquis	vous eussiez conquis
ils conquerr ***aient***	ils auraient conquis	ils eussent conquis

IMPÉRATIF

Présent

conquier ***s*** / conquér ***ons***
conquér ***ez***

Passé

aie conquis / ayons conquis / ayez conquis

SUBJONCTIF

Présent	Imparfait	Passé	Plus-que-parfait
que je conquièr ***e***	que je conqu ***isse***	que j' aie conquis	que j' eusse conquis
que tu conquièr ***es***	que tu conqu ***isses***	que tu aies conquis	que tu eusses conquis
qu' il conquièr ***e***	qu' il conqu ***ît***	qu' il ait conquis	qu' il eût conquis
que nous conquér ***ions***	que nous conqu ***issions***	que n. ayons conquis	que n. eussions conquis
que vous conquér ***iez***	que vous conqu ***issiez***	que v. ayez conquis	que v. eussiez conquis
qu' ils conquièr ***ent***	qu' ils conqu ***issent***	qu' ils aient conquis	qu' ils eussent conquis

INFINITIF

Présent	Passé
conquérir	avoir conquis

PARTICIPE

Présent	Passé
conquérant	conquis ayant conquis

GÉRONDIF

Présent	Passé
en conquérant	en ayant conquis

29 coudre / 3e groupe

- Même conjugaison pour ses dérivés découdre et recoudre.
- Attention à la 3e personne de l'indicatif (il coud).
- Le passé simple est en **i** alors que le participe passé est en **u**.
- Pour les verbes en -dre, voir le tableau 54.
- **Radicaux** : coud-, cous-, coudr-.

INDICATIF

Présent	Imparfait	Passé simple	Futur simple
je coud ***s***	je cous ***ais***	je cous ***is***	je coudr ***ai***
tu coud ***s***	tu cous ***ais***	tu cous ***is***	tu coudr ***as***
il coud	il cous ***ait***	il cous ***it***	il coudr ***a***
nous cous ***ons***	nous cous ***ions***	nous cous ***îmes***	nous coudr ***ons***
vous cous ***ez***	vous cous ***iez***	vous cous ***îtes***	vous coudr ***ez***
ils cous ***ent***	ils cous ***aient***	ils cous ***irent***	ils coudr ***ont***

Passé composé	Plus-que-parfait	Passé antérieur	Futur antérieur
j' ai cousu	j' avais cousu	j' eus cousu	j' aurai cousu
tu as cousu	tu avais cousu	tu eus cousu	tu auras cousu
il a cousu	il avait cousu	il eut cousu	il aura cousu
nous avons cousu	nous avions cousu	nous eûmes cousu	nous aurons cousu
vous avez cousu	vous aviez cousu	vous eûtes cousu	vous aurez cousu
ils ont cousu	ils avaient cousu	ils eurent cousu	ils auront cousu

CONDITIONNEL

Présent	Passé 1re forme	Passé 2e forme
je coudr ***ais***	j' aurais cousu	j' eusse cousu
tu coudr ***ais***	tu aurais cousu	tu eusses cousu
il coudr ***ait***	il aurait cousu	il eût cousu
nous coudr ***ions***	nous aurions cousu	nous eussions cousu
vous coudr ***iez***	vous auriez cousu	vous eussiez cousu
ils coudr ***aient***	ils auraient cousu	ils eussent cousu

IMPÉRATIF

Présent

coud ***s*** / cous ***ons*** / cous ***ez***

Passé

aie cousu / ayons cousu / ayez cousu

SUBJONCTIF

Présent	Imparfait	Passé	Plus-que-parfait
que je cous ***e***	que je cous ***isse***	que j' aie cousu	que j' eusse cousu
que tu cous ***es***	que tu cous ***isses***	que tu aies cousu	que tu eusses cousu
qu' il cous ***e***	qu' il cous ***ît***	qu' il ait cousu	qu' il eût cousu
que nous cous ***ions***	que nous cous ***issions***	que n. ayons cousu	que n. eussions cousu
que vous cous ***iez***	que vous cous ***issiez***	que v. ayez cousu	que v. eussiez cousu
qu' ils cous ***ent***	qu' ils cous ***issent***	qu' ils aient cousu	qu' ils eussent cousu

INFINITIF

Présent	Passé
coudre	avoir cousu

PARTICIPE

Présent	Passé
cousant	cousu ayant cousu

GÉRONDIF

Présent	Passé
en cousant	en ayant cousu

- Même conjugaison pour les dérivés : accourir, concourir, discourir, encourir, parcourir, secourir.
- Attention au doublement du **r** pour le futur simple (je courrai) et le présent du conditionnel (je courrais).
- **Radicaux** : cour-, courr-.

INDICATIF

Présent	Imparfait	Passé simple	Futur simple
je cour ***s***	je cour ***ais***	je cour ***us***	je courr ***ai***
tu cour ***s***	tu cour ***ais***	tu cour ***us***	tu courr ***as***
il cour ***t***	il cour ***ait***	il cour ***ut***	il courr ***a***
nous cour ***ons***	nous cour ***ions***	nous cour ***ûmes***	nous courr ***ons***
vous cour ***ez***	vous cour ***iez***	vous cour ***ûtes***	vous courr ***ez***
ils cour ***ent***	ils cour ***aient***	ils cour ***urent***	ils courr ***ont***

Passé composé	Plus-que-parfait	Passé antérieur	Futur antérieur
j' ai couru	j' avais couru	j' eus couru	j' aurai couru
tu as couru	tu avais couru	tu eus couru	tu auras couru
il a couru	il avait couru	il eut couru	il aura couru
nous avons couru	nous avions couru	nous eûmes couru	nous aurons couru
vous avez couru	vous aviez couru	vous eûtes couru	vous aurez couru
ils ont couru	ils avaient couru	ils eurent couru	ils auront couru

CONDITIONNEL

Présent	Passé 1re forme	Passé 2e forme
je courr ***ais***	j' aurais couru	j' eusse couru
tu courr ***ais***	tu aurais couru	tu eusses couru
il courr ***ait***	il aurait couru	il eût couru
nous courr ***ions***	nous aurions couru	nous eussions couru
vous courr ***iez***	vous auriez couru	vous eussiez couru
ils courr ***aient***	ils auraient couru	ils eussent couru

IMPÉRATIF

Présent

cour ***s*** / cour ***ons*** / cour ***ez***

Passé

aie couru / ayons couru / ayez couru

SUBJONCTIF

Présent	Imparfait	Passé	Plus-que-parfait
que je cour ***e***	que je cour ***usse***	que j' aie couru	que j' eusse couru
que tu cour ***es***	que tu cour ***usses***	que tu aies couru	que tu eusses couru
qu' il cour ***e***	qu' il cour ***ût***	qu' il ait couru	qu' il eût couru
que nous cour ***ions***	que nous cour ***ussions***	que n. ayons couru	que n. eussions couru
que vous cour ***iez***	que vous cour ***ussiez***	que v. ayez couru	que v. eussiez couru
qu' ils cour ***ent***	qu' ils cour ***ussent***	qu' ils aient couru	qu' ils eussent couru

INFINITIF

Présent	Passé
courir	avoir couru

PARTICIPE

Présent	Passé
courant	couru ayant couru

GÉRONDIF

Présent	Passé
en courant	en ayant couru

31 croire / 3e groupe

- Se conjuguent aussi sur ce modèle traire et ses dérivés, qui n'ont ni passé simple, ni subjonctif imparfait. Le participe passé du verbe traire est -trait.
- Ne pas oublier le **i** après le **y** à la 1re et à la 2e personne du pluriel de l'imparfait de l'indicatif et du présent du subjonctif (nous croyions, que vous croyiez).
- Le **i** du radical devient **y** devant une voyelle prononcée.
- **Radicaux** : croi-, croy-, cr-, croir-.

INDICATIF

Présent	Imparfait	Passé simple	Futur simple
je croi ***s***	je croy ***ais***	je cr ***us***	je croir ***ai***
tu croi ***s***	tu croy ***ais***	tu cr ***us***	tu croir ***as***
il croi ***t***	il croy ***ait***	il cr ***ut***	il croir ***a***
nous croy ***ons***	nous croy ***ions***	nous cr ***ûmes***	nous croir ***ons***
vous croy ***ez***	vous croy ***iez***	vous cr ***ûtes***	vous croir ***ez***
ils croi ***ent***	ils croy ***aient***	ils cr ***urent***	ils croir ***ont***

Passé composé	Plus-que-parfait	Passé antérieur	Futur antérieur
j' ai cru	j' avais cru	j' eus cru	j' aurai cru
tu as cru	tu avais cru	tu eus cru	tu auras cru
il a cru	il avait cru	il eut cru	il aura cru
nous avons cru	nous avions cru	nous eûmes cru	nous aurons cru
vous avez cru	vous aviez cru	vous eûtes cru	vous aurez cru
ils ont cru	ils avaient cru	ils eurent cru	ils auront cru

CONDITIONNEL

Présent	Passé 1re forme	Passé 2e forme
je croir ***ais***	j' aurais cru	j' eusse cru
tu croir ***ais***	tu aurais cru	tu eusses cru
il croir ***ait***	il aurait cru	il eût cru
nous croir ***ions***	nous aurions cru	nous eussions cru
vous croir ***iez***	vous auriez cru	vous eussiez cru
ils croir ***aient***	ils auraient cru	ils eussent cru

IMPÉRATIF

Présent

croi ***s*** / croy ***ons*** / croy ***ez***

Passé

aie cru / ayons cru / ayez cru

SUBJONCTIF

Présent	Imparfait	Passé	Plus-que-parfait
que je croi ***e***	que je cr ***usse***	que j' aie cru	que j' eusse cru
que tu croi ***es***	que tu cr ***usses***	que tu aies cru	que tu eusses cru
qu' il croi ***e***	qu' il cr ***ût***	qu' il ait cru	qu' il eût cru
que nous croy ***ions***	que nous cr ***ussions***	que n. ayons cru	que n. eussions cru
que vous croy ***iez***	que vous cr ***ussiez***	que v. ayez cru	que v. eussiez cru
qu' ils croi ***ent***	qu' ils cr ***ussent***	qu' ils aient cru	qu' ils eussent cru

INFINITIF

Présent	Passé
croire	avoir cru

PARTICIPE

Présent	Passé
croyant	cru ayant cru

GÉRONDIF

Présent	Passé
en croyant	en ayant cru

croître 32

- Se conjuguent sur ce modèle ses dérivés : accroître, décroître et recroître.
- La particularité de ce verbe est de prendre un accent circonflexe sur le **i** et le **u** – aux 3 personnes du singulier du présent de l'indicatif, à la 2e personne du présent de l'impératif, à toutes les personnes du passé simple et de l'imparfait du subjonctif, ainsi qu'au participe passé –, afin de le distinguer du verbe croire (cf. tableau 31).
- **Radicaux** : croî-, croît-, croiss-, cr-, croîtr-.

INDICATIF

Présent	Imparfait	Passé simple	Futur simple
je croî ***s***	je croiss ***ais***	je cr ***ûs***	je croîtr ***ai***
tu croî ***s***	tu croiss ***ais***	tu cr ***ûs***	tu croîtr ***as***
il croît	il croiss ***ait***	il cr ***ût***	il croîtr ***a***
nous croiss ***ons***	nous croiss ***ions***	nous cr ***ûmes***	nous croîtr ***ons***
vous croiss ***ez***	vous croiss ***iez***	vous cr ***ûtes***	vous croîtr ***ez***
ils croiss ***ent***	ils croiss ***aient***	ils cr ***ûrent***	ils croîtr ***ont***

Passé composé	Plus-que-parfait	Passé antérieur	Futur antérieur
j' ai crû	j' avais crû	j' eus crû	j' aurai crû
tu as crû	tu avais crû	tu eus crû	tu auras crû
il a crû	il avait crû	il eut crû	il aura crû
nous avons crû	nous avions crû	nous eûmes crû	nous aurons crû
vous avez crû	vous aviez crû	vous eûtes crû	vous aurez crû
ils ont crû	ils avaient crû	ils eurent crû	ils auront crû

CONDITIONNEL

Présent	Passé 1re forme	Passé 2e forme
je croîtr ***ais***	j' aurais crû	j' eusse crû
tu croîtr ***ais***	tu aurais crû	tu eusses crû
il croîtr ***ait***	il aurait crû	il eût crû
nous croîtr ***ions***	nous aurions crû	nous eussions crû
vous croîtr ***iez***	vous auriez crû	vous eussiez crû
ils croîtr ***aient***	ils auraient crû	ils eussent crû

IMPÉRATIF

Présent

croî ***s*** / croiss ***ons*** / croiss ***ez***

Passé

aie crû / ayons crû / ayez crû

SUBJONCTIF

Présent	Imparfait	Passé	Plus-que-parfait
que je croiss ***e***	que je cr ***ûsse***	que j' aie crû	que j' eusse crû
que tu croiss ***es***	que tu cr ***ûsses***	que tu aies crû	que tu eusses crû
qu' il croiss ***e***	qu' il cr ***ût***	qu' il ait crû	qu' il eût crû
que nous croiss ***ions***	que nous cr ***ûssions***	que n. ayons crû	que n. eussions crû
que vous croiss ***iez***	que vous cr ***ûssiez***	que v. ayez crû	que v. eussiez crû
qu' ils croiss ***ent***	qu' ils cr ***ûssent***	qu' ils aient crû	qu' ils eussent crû

INFINITIF

Présent	Passé
croître	avoir crû

PARTICIPE

Présent	Passé
croissant	crû ayant crû

GÉRONDIF

Présent	Passé
en croissant	en ayant crû

33 cueillir / 3e groupe

- Même conjugaison pour ses dérivés : accueillir et recueillir.
- Les temps du futur de l'indicatif et du conditionnel présent ne sont pas formés à partir de l'infinitif, mais de l'indicatif présent (je cueille, cueillerai, cueillerais).
- Attention au **i** après ll- à la 1re et à la 2e personne du pluriel de l'indicatif imparfait et du subjonctif présent.
- **Radicaux** : cueill-, cueiller-.

INDICATIF

Présent	Imparfait	Passé simple	Futur simple
je cueill ***e***	je cueill ***ais***	je cueill ***is***	je cueiller ***ai***
tu cueill ***es***	tu cueill ***ais***	tu cueill ***is***	tu cueiller ***as***
il cueill ***e***	il cueill ***ait***	il cueill ***it***	il cueiller ***a***
nous cueill ***ons***	nous cueill ***ions***	nous cueill ***îmes***	nous cueiller ***ons***
vous cueill ***ez***	vous cueill ***iez***	vous cueill ***îtes***	vous cueiller ***ez***
ils cueill ***ent***	ils cueill ***aient***	ils cueill ***irent***	ils cueiller ***ont***

Passé composé	Plus-que-parfait	Passé antérieur	Futur antérieur
j' ai cueilli	j' avais cueilli	j' eus cueilli	j' aurai cueilli
tu as cueilli	tu avais cueilli	tu eus cueilli	tu auras cueilli
il a cueilli	il avait cueilli	il eut cueilli	il aura cueilli
nous avons cueilli	nous avions cueilli	nous eûmes cueilli	nous aurons cueilli
vous avez cueilli	vous aviez cueilli	vous eûtes cueilli	vous aurez cueilli
ils ont cueilli	ils avaient cueilli	ils eurent cueilli	ils auront cueilli

CONDITIONNEL

Présent	Passé 1re forme	Passé 2e forme
je cueiller ***ais***	j' aurais cueilli	j' eusse cueilli
tu cueiller ***ais***	tu aurais cueilli	tu eusses cueilli
il cueiller ***ait***	il aurait cueilli	il eût cueilli
nous cueiller ***ions***	nous aurions cueilli	nous eussions cueilli
vous cueiller ***iez***	vous auriez cueilli	vous eussiez cueilli
ils cueiller ***aient***	ils auraient cueilli	ils eussent cueilli

IMPÉRATIF

Présent

cueill ***e*** / cueill ***ons*** / cueill ***ez***

Passé

aie cueilli / ayons cueilli / ayez cueilli

SUBJONCTIF

Présent	Imparfait	Passé	Plus-que-parfait
que je cueill ***e***	que je cueill ***isse***	que j' aie cueilli	que j' eusse cueilli
que tu cueill ***es***	que tu cueill ***isses***	que tu aies cueilli	que tu eusses cueilli
qu' il cueill ***e***	qu' il cueill ***ît***	qu' il ait cueilli	qu' il eût cueilli
que nous cueill ***ions***	que nous cueill ***issions***	que n. ayons cueilli	que n. eussions cueilli
que vous cueill ***iez***	que vous cueill ***issiez***	que v. ayez cueilli	que v. eussiez cueilli
qu' ils cueill ***ent***	qu' ils cueill ***issent***	qu' ils aient cueilli	qu' ils eussent cueilli

INFINITIF

Présent	Passé
cueillir	avoir cueilli

PARTICIPE

Présent	Passé
cueillant	cueilli ayant cueilli

GÉRONDIF

Présent	Passé
en cueillant	en ayant cueilli

cuire

- Se conjuguent sur ce modèle les verbes conduire, construire, détruire, instruire, produire, séduire, traduire, luire, nuire...
- Noter les participes passés invariables : lui, relui, nui.
- **Radicaux** : cui-, cuis-, cuir-.

INDICATIF

Présent	Imparfait	Passé simple	Futur simple
je cui ***s***	je cuis ***ais***	je cuis ***is***	je cuir ***ai***
tu cui ***s***	tu cuis ***ais***	tu cuis ***is***	tu cuir ***as***
il cui ***t***	il cuis ***ait***	il cuis ***it***	il cuir ***a***
nous cuis ***ons***	nous cuis ***ions***	nous cuis ***îmes***	nous cuir ***ons***
vous cuis ***ez***	vous cuis ***iez***	vous cuis ***îtes***	vous cuir ***ez***
ils cuis ***ent***	ils cuis ***aient***	ils cuis ***irent***	ils cuir ***ont***

Passé composé	Plus-que-parfait	Passé antérieur	Futur antérieur
j' ai cuit	j' avais cuit	j' eus cuit	j' aurai cuit
tu as cuit	tu avais cuit	tu eus cuit	tu auras cuit
il a cuit	il avait cuit	il eut cuit	il aura cuit
nous avons cuit	nous avions cuit	nous eûmes cuit	nous aurons cuit
vous avez cuit	vous aviez cuit	vous eûtes cuit	vous aurez cuit
ils ont cuit	ils avaient cuit	ils eurent cuit	ils auront cuit

CONDITIONNEL

Présent	Passé 1re forme	Passé 2e forme
je cuir ***ais***	j' aurais cuit	j' eusse cuit
tu cuir ***ais***	tu aurais cuit	tu eusses cuit
il cuir ***ait***	il aurait cuit	il eût cuit
nous cuir ***ions***	nous aurions cuit	nous eussions cuit
vous cuir ***iez***	vous auriez cuit	vous eussiez cuit
ils cuir ***aient***	ils auraient cuit	ils eussent cuit

IMPÉRATIF

Présent

cui ***s*** / cuis ***ons*** / cuis ***ez***

Passé

aie cuit / ayons cuit/ ayez cuit

SUBJONCTIF

Présent	Imparfait	Passé	Plus-que-parfait
que je cuis ***e***	que je cuis ***isse***	que j' aie cuit	que j' eusse cuit
que tu cuis ***es***	que tu cuis ***isses***	que tu aies cuit	que tu eusses cuit
qu' il cuis ***e***	qu' il cuis ***ît***	qu' il ait cuit	qu' il eût cuit
que nous cuis ***ions***	que nous cuis ***issions***	que n. ayons cuit	que n. eussions cuit
que vous cuis ***iez***	que vous cuis ***issiez***	que v. ayez cuit	que v. eussiez cuit
qu' ils cuis ***ent***	qu' ils cuis ***issent***	qu' ils aient cuit	qu' ils eussent cuit

INFINITIF

Présent	Passé
cuire	avoir cuit

PARTICIPE

Présent	Passé
cuisant	cuit, ayant cuit

GÉRONDIF

Présent	Passé
en cuisant	en ayant cuit

35 devoir / 3e groupe

- L'accent circonflexe sur le **u** du participe passé sert à le différencier de l'article partitif du. Il n'apparaît qu'au masculin singulier (dû, dus, due, dues).
- **Radicaux** : doi-, dev-, doiv-, d-, devr-.

INDICATIF

Présent	Imparfait	Passé simple	Futur simple
je doi ***s***	je dev ***ais***	je d ***us***	je devr ***ai***
tu doi ***s***	tu dev ***ais***	tu d ***us***	tu devr ***as***
il doi ***t***	il dev ***ait***	il d ***ut***	il devr ***a***
nous dev ***ons***	nous dev ***ions***	nous d ***ûmes***	nous devr ***ons***
vous dev ***ez***	vous dev ***iez***	vous d ***ûtes***	vous devr ***ez***
ils doiv ***ent***	ils dev ***aient***	ils d ***urent***	ils devr ***ont***

Passé composé	Plus-que-parfait	Passé antérieur	Futur antérieur
j' ai dû	j' avais dû	j' eus dû	j' aurai dû
tu as dû	tu avais dû	tu eus dû	tu auras dû
il a dû	il avait dû	il eut dû	il aura dû
nous avons dû	nous avions dû	nous eûmes dû	nous aurons dû
vous avez dû	vous aviez dû	vous eûtes dû	vous aurez dû
ils ont dû	ils avaient dû	ils eurent dû	ils auront dû

CONDITIONNEL

Présent	Passé 1re forme	Passé 2e forme
je devr ***ais***	j' aurais dû	j' eusse dû
tu devr ***ais***	tu aurais dû	tu eusses dû
il devr ***ait***	il aurait dû	il eût dû
nous devr ***ions***	nous aurions dû	nous eussions dû
vous devr ***iez***	vous auriez dû	vous eussiez dû
ils devr ***aient***	ils auraient dû	ils eussent dû

IMPÉRATIF

Présent

doi ***s*** / dev ***ons*** / dev ***ez***

Passé

aie dû / ayons dû / ayez dû

SUBJONCTIF

Présent	Imparfait	Passé	Plus-que-parfait
que je doiv ***e***	que je d ***usse***	que j' aie dû	que j' eusse dû
que tu doiv ***es***	que tu d ***usses***	que tu aies dû	que tu eusses dû
qu' il doiv ***e***	qu' il d ***ût***	qu' il ait dû	qu' il eût dû
que nous dev ***ions***	que nous d ***ussions***	que n. ayons dû	que n. eussions dû
que vous dev ***iez***	que vous d ***ussiez***	que v. ayez dû	que v. eussiez dû
qu' ils doiv ***ent***	qu' ils d ***ussent***	qu' ils aient dû	qu' ils eussent dû

INFINITIF

Présent	Passé
devoir	avoir dû

PARTICIPE

Présent	Passé
devant	dû ayant dû

GÉRONDIF

Présent	Passé
en devant	en ayant dû

- Redire se conjugue sur ce modèle.
- À la 2e personne du pluriel du présent de l'indicatif et de l'impératif : (vous) dites.
- Même conjugaison pour les dérivés contredire, interdire, médire, prédire. Ces verbes ont, cependant, au présent de l'indicatif et de l'impératif, les formes : (vous) contredisez, interdisez, médisez et prédisez.
- Remarquer les formes identiques aux 3 personnes du singulier des indicatifs présent et passé simple (je dis, tu dis, il dit).
- **Radicaux** : di-, dis-, d-, dir-.

INDICATIF

Présent	Imparfait	Passé simple	Futur simple
je di *s*	je dis *ais*	je d *is*	je dir *ai*
tu di *s*	tu dis *ais*	tu d *is*	tu dir *as*
il di *t*	il dis *ait*	il d *it*	il dir *a*
nous dis *ons*	nous dis *ions*	nous d *îmes*	nous dir *ons*
vous di *tes*	vous dis *iez*	vous d *îtes*	vous dir *ez*
ils dis *ent*	ils dis *aient*	ils d *irent*	ils dir *ont*

Passé composé	Plus-que-parfait	Passé antérieur	Futur antérieur
j' ai dit	j' avais dit	j' eus dit	j' aurai dit
tu as dit	tu avais dit	tu eus dit	tu auras dit
il a dit	il avait dit	il eut dit	il aura dit
nous avons dit	nous avions dit	nous eûmes dit	nous aurons dit
vous avez dit	vous aviez dit	vous eûtes dit	vous aurez dit
ils ont dit	ils avaient dit	ils eurent dit	ils auront dit

CONDITIONNEL

Présent	Passé 1re forme	Passé 2e forme
je dir *ais*	j' aurais dit	j' eusse dit
tu dir *ais*	tu aurais dit	tu eusses dit
il dir *ait*	il aurait dit	il eût dit
nous dir *ions*	nous aurions dit	nous eussions dit
vous dir *iez*	vous auriez dit	vous eussiez dit
ils dir *aient*	ils auraient dit	ils eussent dit

IMPÉRATIF

Présent

di *s* / dis *ons* / di *tes*

Passé

aie dit / ayons dit / ayez dit

SUBJONCTIF

Présent	Imparfait	Passé	Plus-que-parfait
que je dis *e*	que je d *isse*	que j' aie dit	que j' eusse dit
que tu dis *es*	que tu d *isses*	que tu aies dit	que tu eusses dit
qu' il dis *e*	qu' il d *ît*	qu' il ait dit	qu' il eût dit
que nous dis *ions*	que nous d *issions*	que n. ayons dit	que n. eussions dit
que vous dis *iez*	que vous d *issiez*	que v. ayez dit	que v. eussiez dit
qu' ils dis *ent*	qu' ils d *issent*	qu' ils aient dit	qu' ils eussent dit

INFINITIF

Présent	Passé
dire	avoir dit

PARTICIPE

Présent	Passé
disant	dit ayant dit

GÉRONDIF

Présent	Passé
en disant	en ayant dit

37 écrire / 3e groupe

- Se conjuguent sur ce modèle décrire et récrire, ainsi que tous les composés en -scrire (inscrire, transcrire...).
- **Radicaux** : écri-, écriv-, écrir-.

INDICATIF

Présent	Imparfait	Passé simple	Futur simple
j' écri ***s***	j' écriv ***ais***	j' écriv ***is***	j' écrir ***ai***
tu écri ***s***	tu écriv ***ais***	tu écriv ***is***	tu écrir ***as***
il écri ***t***	il écriv ***ait***	il écriv ***it***	il écrir ***a***
nous écriv ***ons***	nous écriv ***ions***	nous écriv ***îmes***	nous écrir ***ons***
vous écriv ***ez***	vous écriv ***iez***	vous écriv ***îtes***	vous écrir ***ez***
ils écriv ***ent***	ils écriv ***aient***	ils écriv ***irent***	ils écrir ***ont***

Passé composé	Plus-que-parfait	Passé antérieur	Futur antérieur
j' ai écrit	j' avais écrit	j' eus écrit	j' aurai écrit
tu as écrit	tu avais écrit	tu eus écrit	tu auras écrit
il a écrit	il avait écrit	il eut écrit	il aura écrit
nous avons écrit	nous avions écrit	nous eûmes écrit	nous aurons écrit
vous avez écrit	vous aviez écrit	vous eûtes écrit	vous aurez écrit
ils ont écrit	ils avaient écrit	ils eurent écrit	ils auront écrit

CONDITIONNEL

Présent	Passé 1re forme	Passé 2e forme
j' écrir ***ais***	j' aurais écrit	j' eusse écrit
tu écrir ***ais***	tu aurais écrit	tu eusses écrit
il écrir ***ait***	il aurait écrit	il eût écrit
nous écrir ***ions***	nous aurions écrit	nous eussions écrit
vous écrir ***iez***	vous auriez écrit	vous eussiez écrit
ils écrir ***aient***	ils auraient écrit	ils eussent écrit

IMPÉRATIF

Présent

écri ***s*** / écriv ***ons*** / écriv ***ez***

Passé

aie écrit / ayons écrit / ayez écrit

SUBJONCTIF

Présent	Imparfait	Passé	Plus-que-parfait
que j' écriv ***e***	que j' écriv ***isse***	que j' aie écrit	que j' eusse écrit
que tu écriv ***es***	que tu écriv ***isses***	que tu aies écrit	que tu eusses écrit
qu' il écriv ***e***	qu' il écriv ***ît***	qu' il ait écrit	qu' il eût écrit
que nous écriv ***ions***	que nous écriv ***issions***	que n. ayons écrit	que n. eussions écrit
que vous écriv ***iez***	que vous écriv ***issiez***	que v. ayez écrit	que v. eussiez écrit
qu' ils écriv ***ent***	qu' ils écriv ***issent***	qu' ils aient écrit	qu' ils eussent écrit

INFINITIF

Présent	Passé
écrire	avoir écrit

PARTICIPE

Présent	Passé
écrivant	écrit ayant écrit

GÉRONDIF

Présent	Passé
en écrivant	en ayant écrit

- Se conjuguent sur ce modèle mouvoir (son participe passé prend un accent circonflexe : mû), et promouvoir (participe passé : promu).
- **Radicaux** : émeu-, émouv-, émeuv-, ém-, émouvr-.

INDICATIF

Présent	Imparfait	Passé simple	Futur simple
j' émeu ***s***	j' émouv ***ais***	j' ém ***us***	j' émouvr ***ai***
tu émeu ***s***	tu émouv ***ais***	tu ém ***us***	tu émouvr ***as***
il émeu ***t***	il émouv ***ait***	il ém ***ut***	il émouvr ***a***
nous émouv ***ons***	nous émouv ***ions***	nous ém ***ûmes***	nous émouvr ***ons***
vous émouv ***ez***	vous émouv ***iez***	vous ém ***ûtes***	vous émouvr ***ez***
ils émeuv ***ent***	ils émouv ***aient***	ils ém ***urent***	ils émouvr ***ont***

Passé composé	Plus-que-parfait	Passé antérieur	Futur antérieur
j' ai ému	j' avais ému	j' eus ému	j' aurai ému
tu as ému	tu avais ému	tu eus ému	tu auras ému
il a ému	il avait ému	il eut ému	il aura ému
nous avons ému	nous avions ému	nous eûmes ému	nous aurons ému
vous avez ému	vous aviez ému	vous eûtes ému	vous aurez ému
ils ont ému	ils avaient ému	ils eurent ému	ils auront ému

CONDITIONNEL

Présent	Passé 1re forme	Passé 2e forme
j' émouvr ***ais***	j' aurais ému	j' eusse ému
tu émouvr ***ais***	tu aurais ému	tu eusses ému
il émouvr ***ait***	il aurait ému	il eût ému
nous émouvr ***ions***	nous aurions ému	nous eussions ému
vous émouvr ***iez***	vous auriez ému	vous eussiez ému
ils émouvr ***aient***	ils auraient ému	ils eussent ému

IMPÉRATIF

Présent

émeu ***s*** / émouv ***ons*** / émouv ***ez***

Passé

aie ému / ayons ému / ayez ému

SUBJONCTIF

Présent	Imparfait	Passé	Plus-que-parfait
que j' émeuv ***e***	que j' ém ***usse***	que j' aie ému	que j' eusse ému
que tu émeuv ***es***	que tu ém ***usses***	que tu aies ému	que tu eusses ému
qu' il émeuv ***e***	qu' il ém ***ût***	qu' il ait ému	qu' il eût ému
que nous émouv ***ions***	que nous ém ***ussions***	que n. ayons ému	que n. eussions ému
que vous émouv ***iez***	que vous ém ***ussiez***	que v. ayez ému	que v. eussiez ému
qu' ils émouv ***ent***	qu' ils ém ***ussent***	qu' ils aient ému	qu' ils eussent ému

INFINITIF

Présent	Passé
émouvoir	avoir ému

PARTICIPE

Présent	Passé
émouvant	ému ayant ému

GÉRONDIF

Présent	Passé
en émouvant	en ayant ému

39 faire / 3e groupe

- Même conjugaison pour les dérivés : contrefaire, défaire, refaire, satisfaire...
- Forme impersonnelle : il fait froid, il fait bon...
- À la 2e personne du pluriel du présent de l'indicatif et de l'impératif : (vous) faites.
- Attention à la prononciation : dans nous faisons, je faisais, faisant, **ai** se prononce [ə] (comme dans fenêtre).
- **Radicaux** : fai-, fais-, f-, fer-, fass-.

INDICATIF

Présent	Imparfait	Passé simple	Futur simple
je fai ***s***	je fais ***ais***	je f ***is***	je fer ***ai***
tu fai ***s***	tu fais ***ais***	tu f ***is***	tu fer ***as***
il fai ***t***	il fais ***ait***	il f ***it***	il fer ***a***
nous fais ***ons***	nous fais ***ions***	nous f ***îmes***	nous fer ***ons***
vous fai ***tes***	vous fais ***iez***	vous f ***îtes***	vous fer ***ez***
ils f ***ont***	ils fais ***aient***	ils f ***irent***	ils fer ***ont***

Passé composé	Plus-que-parfait	Passé antérieur	Futur antérieur
j' ai fait	j' avais fait	j' eus fait	j' aurai fait
tu as fait	tu avais fait	tu eus fait	tu auras fait
il a fait	il avait fait	il eut fait	il aura fait
nous avons fait	nous avions fait	nous eûmes fait	nous aurons fait
vous avez fait	vous aviez fait	vous eûtes fait	vous aurez fait
ils ont fait	ils avaient fait	ils eurent fait	ils auront fait

CONDITIONNEL

Présent	Passé 1re forme	Passé 2e forme
je fer ***ais***	j' aurais fait	j' eusse fait
tu fer ***ais***	tu aurais fait	tu eusses fait
il fer ***ait***	il aurait fait	il eût fait
nous fer ***ions***	nous aurions fait	nous eussions fait
vous fer ***iez***	vous auriez fait	vous eussiez fait
ils fer ***aient***	ils auraient fait	ils eussent fait

IMPÉRATIF

Présent

fai ***s*** / fais ***ons*** / fai ***tes***

Passé

aie fait / ayons fait / ayez fait

SUBJONCTIF

Présent	Imparfait	Passé	Plus-que-parfait
que je fass ***e***	que je f ***isse***	que j' aie fait	que j' eusse fait
que tu fass ***es***	que tu f ***isses***	que tu aies fait	que tu eusses fait
qu' il fass ***e***	qu' il f ***ît***	qu' il ait fait	qu' il eût fait
que nous fass ***ions***	que nous f ***issions***	que n. ayons fait	que n. eussions fait
que vous fass ***iez***	que vous f ***issiez***	que v. ayez fait	que v. eussiez fait
qu' ils fass ***ent***	qu' ils f ***issent***	qu' ils aient fait	qu' ils eussent fait

INFINITIF

Présent	Passé
faire	avoir fait

PARTICIPE

Présent	Passé
faisant	fait ayant fait

GÉRONDIF

Présent	Passé
en faisant	en ayant fait

- Verbe impersonnel, se conjugue uniquement à la 3e personne du singulier.
- Pas de participe présent ni d'impératif.
- Participe passé invariable.
- **Radicaux** : fau-, fall-, faudr-, faill-.

INDICATIF

Présent	Imparfait	Passé simple	Futur simple
il fau *t*	il fall *ait*	il fall *ut*	il faudr *a*

Passé composé	Plus-que-parfait	Passé antérieur	Futur antérieur
il a fallu	il avait fallu	il eut fallu	il aura fallu

CONDITIONNEL

Présent	Passé 1re forme	Passé 2e forme
il faudr *ait*	il aurait fallu	il eût fallu

IMPÉRATIF

Présent
–

Passé
–

SUBJONCTIF

Présent	Imparfait	Passé	Plus-que-parfait
qu' il faill *e*	qu' il fall *ût*	qu' il ait fallu	qu' il eût fallu

INFINITIF

Présent	Passé
falloir	–

PARTICIPE

Présent	Passé
–	fallu ayant fallu

GÉRONDIF

Présent	Passé
–	–

41 fuir / 3e groupe

- Seul le verbe s'enfuir se conjugue sur ce modèle.
- Le **i** devient **y** devant une voyelle prononcée.
- Ne pas oublier le **i** après le **y** à la 1re et à la 2e personne du pluriel de l'imparfait de l'indicatif et du présent du subjonctif (nous fuyions, que vous fuyiez).
- Remarquer les formes identiques des 3 personnes du singulier du présent et du passé simple de l'indicatif.
- **Radicaux** : fui-, fuy-, fu-, fuir-.

INDICATIF

Présent	Imparfait	Passé simple	Futur simple
je fui ***s***	je fuy ***ais***	je fu ***is***	je fuir ***ai***
tu fui ***s***	tu fuy ***ais***	tu fu ***is***	tu fuir ***as***
il fui ***t***	il fuy ***ait***	il fu ***it***	il fuir ***a***
nous fuy ***ons***	nous fuy ***ions***	nous fu ***îmes***	nous fuir ***ons***
vous fuy ***ez***	vous fuy ***iez***	vous fu ***îtes***	vous fuir ***ez***
ils fui ***ent***	ils fuy ***aient***	ils fu ***irent***	ils fuir ***ont***

Passé composé	Plus-que-parfait	Passé antérieur	Futur antérieur
j' ai fui	j' avais fui	j' eus fui	j' aurai fui
tu as fui	tu avais fui	tu eus fui	tu auras fui
il a fui	il avait fui	il eut fui	il aura fui
nous avons fui	nous avions fui	nous eûmes fui	nous aurons fui
vous avez fui	vous aviez fui	vous eûtes fui	vous aurez fui
ils ont fui	ils avaient fui	ils eurent fui	ils auront fui

CONDITIONNEL

Présent	Passé 1re forme	Passé 2e forme
je fuir ***ais***	j' aurais fui	j' eusse fui
tu fuir ***ais***	tu aurais fui	tu eusses fui
il fuir ***ait***	il aurait fui	il eût fui
nous fuir ***ions***	nous aurions fui	nous eussions fui
vous fuir ***iez***	vous auriez fui	vous eussiez fui
ils fuir ***aient***	ils auraient fui	ils eussent fui

IMPÉRATIF

Présent

fui ***s*** / fuy ***ons*** / fuy ***ez***

Passé

aie fui / ayons fui / ayez fui

SUBJONCTIF

Présent	Imparfait	Passé	Plus-que-parfait
que je fui ***e***	que je fu ***isse***	que j' aie fui	que j' eusse fui
que tu fui ***es***	que tu fu ***isses***	que tu aies fui	que tu eusses fui
qu' il fui ***e***	qu' il fu ***ît***	qu' il ait fui	qu' il eût fui
que nous fuy ***ions***	que nous fu ***issions***	que n. ayons fui	que n. eussions fui
que vous fuy ***iez***	que vous fu ***issiez***	que v. ayez fui	que v. eussiez fui
qu' ils fui ***ent***	qu' ils fu ***issent***	qu' ils aient fui	qu' ils eussent fui

INFINITIF

Présent	Passé
fuir	avoir fui

PARTICIPE

Présent	Passé
fuyant	fui ayant fui

GÉRONDIF

Présent	Passé
en fuyant	en ayant fui

- Même conjugaison pour les dérivés relire, élire, réélire.
- **Radicaux** : li-, lis-, l-, lir-.

INDICATIF

Présent	Imparfait	Passé simple	Futur simple
je li *s*	je lis *ais*	je l *us*	je lir *ai*
tu li *s*	tu lis *ais*	tu l *us*	tu lir *as*
il li *t*	il lis *ait*	il l *ut*	il lir *a*
nous lis *ons*	nous lis *ions*	nous l *ûmes*	nous lir *ons*
vous lis *ez*	vous lis *iez*	vous l *ûtes*	vous lir *ez*
ils lis *ent*	ils lis *aient*	ils l *urent*	ils lir *ont*

Passé composé	Plus-que-parfait	Passé antérieur	Futur antérieur
j' ai lu	j' avais lu	j' eus lu	j' aurai lu
tu as lu	tu avais lu	tu eus lu	tu auras lu
il a lu	il avait lu	il eut lu	il aura lu
nous avons lu	nous avions lu	nous eûmes lu	nous aurons lu
vous avez lu	vous aviez lu	vous eûtes lu	vous aurez lu
ils ont lu	ils avaient lu	ils eurent lu	ils auront lu

CONDITIONNEL

Présent	Passé 1re forme	Passé 2e forme
je lir *ais*	j' aurais lu	j' eusse lu
tu lir *ais*	tu aurais lu	tu eusses lu
il lir *ait*	il aurait lu	il eût lu
nous lir *ions*	nous aurions lu	nous eussions lu
vous lir *iez*	vous auriez lu	vous eussiez lu
ils lir *aient*	ils auraient lu	ils eussent lu

IMPÉRATIF

Présent

li *s* / lis *ons* / lis *ez*

Passé

aie lu / ayons lu / ayez lu

SUBJONCTIF

Présent	Imparfait	Passé	Plus-que-parfait
que je lis *e*	que je l *usse*	que j' aie lu	que j' eusse lu
que tu lis *es*	que tu l *usses*	que tu aies lu	que tu eusses lu
qu' il lis *e*	qu' il l *ût*	qu' il ait lu	qu' il eût lu
que nous lis *ions*	que nous l *ussions*	que n. ayons lu	que n. eussions lu
que vous lis *iez*	que vous l *ussiez*	que v. ayez lu	que v. eussiez lu
qu' ils lis *ent*	qu' ils l *ussent*	qu' ils aient lu	qu' ils eussent lu

INFINITIF

Présent	Passé
lire	avoir lu

PARTICIPE

Présent	Passé
lisant	lu ayant lu

GÉRONDIF

Présent	Passé
en lisant	en ayant lu

43 mentir / 3e groupe verbes en -tir, dormir et servir

- Modèle pour presque tous les verbes qui se terminent par -tir (sauf vêtir et ses dérivés) : partir, sentir, sortir, se repentir, ressentir, démentir et pour les dérivés de dormir et servir. (Attention : il dort ; il sert à la 3e personne du présent de l'indicatif.)
- Ces verbes perdent la consonne finale de leur radical aux deux 1res personnes du singulier de l'indicatif présent et à la 2e personne du singulier de l'impératif (je mens, mais nous mentirons ; je dors mais nous dormirons ; je sers mais nous servirons) et la conservent partout ailleurs.
- **Radicaux** : men-, ment-, mentir-.

INDICATIF

Présent	Imparfait	Passé simple	Futur simple
je men ***s***	je ment ***ais***	je ment ***is***	je mentir ***ai***
tu men ***s***	tu ment ***ais***	tu ment ***is***	tu mentir ***as***
il ment	il ment ***ait***	il ment ***it***	il mentir ***a***
nous ment ***ons***	nous ment ***ions***	nous ment ***îmes***	nous mentir ***ons***
vous ment ***ez***	vous ment ***iez***	vous ment ***îtes***	vous mentir ***ez***
ils ment ***ent***	ils ment ***aient***	ils ment ***irent***	ils mentir ***ont***

Passé composé	Plus-que-parfait	Passé antérieur	Futur antérieur
j' ai menti	j' avais menti	j' eus menti	j' aurai menti
tu as menti	tu avais menti	tu eus menti	tu auras menti
il a menti	il avait menti	il eut menti	il aura menti
nous avons menti	nous avions menti	nous eûmes menti	nous aurons menti
vous avez menti	vous aviez menti	vous eûtes menti	vous aurez menti
ils ont menti	ils avaient menti	ils eurent menti	ils auront menti

CONDITIONNEL

Présent	Passé 1re forme	Passé 2e forme
je mentir ***ais***	j' aurais menti	j' eusse menti
tu mentir ***ais***	tu aurais menti	tu eusses menti
il mentir ***ait***	il aurait menti	il eût menti
nous mentir ***ions***	nous aurions menti	nous eussions menti
vous mentir ***iez***	vous auriez menti	vous eussiez menti
ils mentir ***aient***	ils auraient menti	ils eussent menti

IMPÉRATIF

Présent

men ***s*** / ment ***ons*** / ment ***ez***

Passé

aie menti / ayons menti / ayez menti

SUBJONCTIF

Présent	Imparfait	Passé	Plus-que-parfait
que je ment ***e***	que je ment ***isse***	que j' aie menti	que j' eusse menti
que tu ment ***es***	que tu ment ***isses***	que tu aies menti	que tu eusses menti
qu' il ment ***e***	qu' il ment ***ît***	qu' il ait menti	qu' il eût menti
que nous ment ***ions***	que nous ment ***issions***	que n. ayons menti	que n. eussions menti
que vous ment ***iez***	que vous ment ***issiez***	que v. ayez menti	que v. eussiez menti
qu' ils ment ***ent***	qu' ils ment ***issent***	qu' ils aient menti	qu' ils eussent menti

INFINITIF

Présent	Passé
mentir	avoir menti

PARTICIPE

Présent	Passé
mentant	menti ayant menti

GÉRONDIF

Présent	Passé
en mentant	en ayant menti

3e groupe \ mettre 44

- Même conjugaison pour ses dérivés : admettre, commettre, compromettre, démettre, émettre, s'entremettre, omettre, permettre, promettre, remettre, soumettre, transmettre.
- Mets : aux 2 premières personnes du singulier du présent de l'indicatif et à la 2e personne du singulier du présent de l'impératif.
- **Radicaux** : met-, mett-, m-, mettr-.

INDICATIF

Présent	Imparfait	Passé simple	Futur simple
je met **s**	je mett **ais**	je m **is**	je mettr **ai**
tu met **s**	tu mett **ais**	tu m **is**	tu mettr **as**
il met	il mett **ait**	il m **it**	il mettr **a**
nous mett **ons**	nous mett **ions**	nous m **îmes**	nous mettr **ons**
vous mett **ez**	vous mett **iez**	vous m **îtes**	vous mettr **ez**
ils mett **ent**	ils mett **aient**	ils m **irent**	ils mettr **ont**

Passé composé	Plus-que-parfait	Passé antérieur	Futur antérieur
j' ai mis	j' avais mis	j' eus mis	j' aurai mis
tu as mis	tu avais mis	tu eus mis	tu auras mis
il a mis	il avait mis	il eut mis	il aura mis
nous avons mis	nous avions mis	nous eûmes mis	nous aurons mis
vous avez mis	vous aviez mis	vous eûtes mis	vous aurez mis
ils ont mis	ils avaient mis	ils eurent mis	ils auront mis

CONDITIONNEL

Présent	Passé 1re forme	Passé 2e forme
je mettr **ais**	j' aurais mis	j' eusse mis
tu mettr **ais**	tu aurais mis	tu eusses mis
il mettr **ait**	il aurait mis	il eût mis
nous mettr **ions**	nous aurions mis	nous eussions mis
vous mettr **iez**	vous auriez mis	vous eussiez mis
ils mettr **aient**	ils auraient mis	ils eussent mis

IMPÉRATIF

Présent

met **s** / mett **ons** / mett **ez**

Passé

aie mis / ayons mis / ayez mis

SUBJONCTIF

Présent	Imparfait	Passé	Plus-que-parfait
que je mett **e**	que je m **isse**	que j' aie mis	que j' eusse mis
que tu mett **es**	que tu m **isses**	que tu aies mis	que tu eusses mis
qu' il mett **e**	qu' il m **ît**	qu' il ait mis	qu' il eût mis
que nous mett **ions**	que nous m **issions**	que n. ayons mis	que n. eussions mis
que vous mett **iez**	que vous m **issiez**	que v. ayez mis	que v. eussiez mis
qu' ils mett **ent**	qu' ils m **issent**	qu' ils aient mis	qu' ils eussent mis

INFINITIF

Présent	Passé
mettre	avoir mis

PARTICIPE

Présent	Passé
mettant	mis, ayant mis

GÉRONDIF

Présent	Passé
en mettant	en ayant mis

45 moudre / 3e groupe

- Se conjuguent sur ce modèle les verbes remoudre et émoudre.
- Pour les autres verbes en -dre, voir le tableau 54.
- **Radicaux** : moud-, moul-, moudr-.

INDICATIF

Présent	Imparfait	Passé simple	Futur simple
je moud ***s***	je moul ***ais***	je moul ***us***	je moudr ***ai***
tu moud ***s***	tu moul ***ais***	tu moul ***us***	tu moudr ***as***
il moud	il moul ***ait***	il moul ***ut***	il moudr ***a***
nous moul ***ons***	nous moul ***ions***	nous moul ***ûmes***	nous moudr ***ons***
vous moul ***ez***	vous moul ***iez***	vous moul ***ûtes***	vous moudr ***ez***
ils moul ***ent***	ils moul ***aient***	ils moul ***urent***	ils moudr ***ont***

Passé composé	Plus-que-parfait	Passé antérieur	Futur antérieur
j' ai moulu	j' avais moulu	j' eus moulu	j' aurai moulu
tu as moulu	tu avais moulu	tu eus moulu	tu auras moulu
il a moulu	il avait moulu	il eut moulu	il aura moulu
nous avons moulu	nous avions moulu	nous eûmes moulu	nous aurons moulu
vous avez moulu	vous aviez moulu	vous eûtes moulu	vous aurez moulu
ils ont moulu	ils avaient moulu	ils eurent moulu	ils auront moulu

CONDITIONNEL

Présent	Passé 1re forme	Passé 2e forme
je moudr ***ais***	j' aurais moulu	j' eusse moulu
tu moudr ***ais***	tu aurais moulu	tu eusses moulu
il moudr ***ait***	il aurait moulu	il eût moulu
nous moudr ***ions***	nous aurions moulu	nous eussions moulu
vous moudr ***iez***	vous auriez moulu	vous eussiez moulu
ils moudr ***aient***	ils auraient moulu	ils eussent moulu

IMPÉRATIF

Présent	Passé
moud ***s*** / moul ***ons*** / moul ***ez***	aie moulu / ayons moulu / ayez moulu

SUBJONCTIF

Présent	Imparfait	Passé	Plus-que-parfait
que je moul ***e***	que je moul ***usse***	que j' aie moulu	que j' eusse moulu
que tu moul ***es***	que tu moul ***usses***	que tu aies moulu	que tu eusses moulu
qu' il moul ***e***	qu' il moul ***ût***	qu' il ait moulu	qu' il eût moulu
que nous moul ***ions***	que nous moul ***ussions***	que n. ayons moulu	que n. eussions moulu
que vous moul ***iez***	que vous moul ***ussiez***	que v. ayez moulu	que v. eussiez moulu
qu' ils moul ***ent***	qu' ils moul ***ussent***	qu' ils aient moulu	qu' ils eussent moulu

INFINITIF

Présent	Passé
moudre	avoir moulu

PARTICIPE

Présent	Passé
moulant	moulu ayant moulu

GÉRONDIF

Présent	Passé
en moulant	en ayant moulu

mourir 46

- Attention au doublement du **r** au futur simple de l'indicatif (je mourrai) et au présent du conditionnel (je mourrais).
- Se conjugue avec l'auxiliaire être, donc le participe passé est variable.
- **Radicaux** : meur-, mour-, mourr-.

INDICATIF

Présent	Imparfait	Passé simple	Futur simple
je meur ***s***	je mour ***ais***	je mour ***us***	je mourr ***ai***
tu meur ***s***	tu mour ***ais***	tu mour ***us***	tu mourr ***as***
il meur ***t***	il mour ***ait***	il mour ***ut***	il mourr ***a***
nous mour ***ons***	nous mour ***ions***	nous mour ***ûmes***	nous mourr ***ons***
vous mour ***ez***	vous mour ***iez***	vous mour ***ûtes***	vous mourr ***ez***
ils meur ***ent***	ils mour ***aient***	ils mour ***urent***	ils mourr ***ont***

Passé composé	Plus-que-parfait	Passé antérieur	Futur antérieur
je suis mort	j' étais mort	je fus mort	je serai mort
tu es mort	tu étais mort	tu fus mort	tu seras mort
il est mort	il était mort	il fut mort	il sera mort
nous sommes morts	nous étions morts	nous fûmes morts	nous serons morts
vous êtes morts	vous étiez morts	vous fûtes morts	vous serez morts
ils sont morts	ils étaient morts	ils furent morts	ils seront morts

CONDITIONNEL

Présent	Passé 1re forme	Passé 2e forme
je mourr ***ais***	je serais mort	je fusse mort
tu mourr ***ais***	tu serais mort	tu fusses mort
il mourr ***ait***	il serait mort	il fût mort
nous mourr ***ions***	nous serions morts	nous fussions morts
vous mourr ***iez***	vous seriez morts	vous fussiez morts
ils mourr ***aient***	ils seraient morts	ils fussent morts

IMPÉRATIF

Présent

meur ***s*** / mour ***ons*** / mour ***ez***

Passé

sois mort / soyons morts / soyez morts

SUBJONCTIF

Présent	Imparfait	Passé	Plus-que-parfait
que je meur ***e***	que je mour ***usse***	que je sois mort	que je fusse mort
que tu meur ***es***	que tu mour ***usses***	que tu sois mort	que tu fusses mort
qu' il meur ***e***	qu' il mour ***ût***	qu' il soit mort	qu' il fût mort
que nous mour ***ions***	que nous mour ***ussions***	que n. soyons morts	que n. fussions morts
que vous mour ***iez***	que vous mour ***ussiez***	que v. soyez morts	que v. fussiez morts
qu' ils meur ***ent***	qu' ils mour ***ussent***	qu' ils soient morts	qu' ils fussent morts

INFINITIF

Présent	Passé
mourir	être mort

PARTICIPE

Présent	Passé
mourant	mort étant mort

GÉRONDIF

Présent	Passé
en mourant	en étant mort

47 naître / 3e groupe

- L'accent circonflexe est maintenu sur le **i**, lorsqu'il est suivi d'un **t**.
- Pour les autres verbes en -aître, voir le tableau 27.
- **Radicaux** : nai-, naît-, naiss-, naqu-, naîtr-.

INDICATIF

Présent	Imparfait	Passé simple	Futur simple
je nai ***s***	je naiss ***ais***	je naqu ***is***	je naîtr ***ai***
tu nai ***s***	tu naiss ***ais***	tu naqu ***is***	tu naîtr ***as***
il naît	il naiss ***ait***	il naqu ***it***	il naîtr ***a***
nous naiss ***ons***	nous naiss ***ions***	nous naqu ***îmes***	nous naîtr ***ons***
vous naiss ***ez***	vous naiss ***iez***	vous naqu ***îtes***	vous naîtr ***ez***
ils naiss ***ent***	ils naiss ***aient***	ils naqu ***irent***	ils naîtr ***ont***

Passé composé	Plus-que-parfait	Passé antérieur	Futur antérieur
je suis né	j' étais né	je fus né	je serai né
tu es né	tu étais né	tu fus né	tu seras né
il est né	il était né	il fut né	il sera né
nous sommes nés	nous étions nés	nous fûmes nés	nous serons nés
vous êtes nés	vous étiez nés	vous fûtes nés	vous serez nés
ils sont nés	ils étaient nés	ils furent nés	ils seront nés

CONDITIONNEL

Présent	Passé 1re forme	Passé 2e forme
je naîtr ***ais***	je serais né	je fusse né
tu naîtr ***ais***	tu serais né	tu fusses né
il naîtr ***ait***	il serait né	il fût né
nous naîtr ***ions***	nous serions nés	nous fussions nés
vous naîtr ***iez***	vous seriez nés	vous fussiez nés
ils naîtr ***aient***	ils seraient nés	ils fussent nés

IMPÉRATIF

Présent

nai ***s*** / naiss ***ons*** / naiss ***ez***

Passé

sois né / soyons nés / soyez nés

SUBJONCTIF

Présent	Imparfait	Passé	Plus-que-parfait
que je naiss ***e***	que je naqu ***isse***	que je sois né	que je fusse né
que tu naiss ***es***	que tu naqu ***isses***	que tu sois né	que tu fusses né
qu' il naiss ***e***	qu' il naqu ***ît***	qu' il soit né	qu' il fût né
que nous naiss ***ions***	que nous naqu ***issions***	que nous soyons nés	que n. fussions nés
que vous naiss ***iez***	que vous naqu ***issiez***	que vous soyez nés	que v. fussiez nés
qu' ils naiss ***ent***	qu' ils naqu ***issent***	qu' ils soient nés	qu' ils fussent nés

INFINITIF

Présent	Passé
naître	être né

PARTICIPE

Présent	Passé
naissant	né étant né

GÉRONDIF

Présent	Passé
en naissant	en étant né

offrir 48

- Même conjugaison pour souffrir, couvrir, ouvrir et leurs dérivés, ainsi que pour assaillir et tressaillir (verbes dont le participe passé est en **i**).
- Remarquer l'analogie des terminaisons du présent de l'indicatif et de l'impératif avec celles des verbes du 1er groupe.
- **Radicaux** : offr-, offrir-.

INDICATIF

Présent	Imparfait	Passé simple	Futur simple
j' offr ***e***	j' offr ***ais***	j' offr ***is***	j' offrir ***ai***
tu offr ***es***	tu offr ***ais***	tu offr ***is***	tu offrir ***as***
il offr ***e***	il offr ***ait***	il offr ***it***	il offrir ***a***
nous offr ***ons***	nous offr ***ions***	nous offr ***îmes***	nous offrir ***ons***
vous offr ***ez***	vous offr ***iez***	vous offr ***îtes***	vous offrir ***ez***
ils offr ***ent***	ils offr ***aient***	ils offr ***irent***	ils offrir ***ont***

Passé composé	Plus-que-parfait	Passé antérieur	Futur antérieur
j' ai offert	j' avais offert	j' eus offert	j' aurai offert
tu as offert	tu avais offert	tu eus offert	tu auras offert
il a offert	il avait offert	il eut offert	il aura offert
nous avons offert	nous avions offert	nous eûmes offert	nous aurons offert
vous avez offert	vous aviez offert	vous eûtes offert	vous aurez offert
ils ont offert	ils avaient offert	ils eurent offert	ils auront offert

CONDITIONNEL

Présent	Passé 1re forme	Passé 2e forme
j' offrir ***ais***	j' aurais offert	j' eusse offert
tu offrir ***ais***	tu aurais offert	tu eusses offert
il offrir ***ait***	il aurait offert	il eût offert
nous offrir ***ions***	nous aurions offert	nous eussions offert
vous offrir ***iez***	vous auriez offert	vous eussiez offert
ils offrir ***aient***	ils auraient offert	ils eussent offert

IMPÉRATIF

Présent

offr ***e*** / offr ***ons*** / offr ***ez***

Passé

aie offert / ayons offert/ ayez offert

SUBJONCTIF

Présent	Imparfait	Passé	Plus-que-parfait
que j' offr ***e***	que j' offr ***isse***	que j' aie offert	que j' eusse offert
que tu offr ***es***	que tu offr ***isses***	que tu aies offert	que tu eusses offert
qu' il offr ***e***	qu' il offr ***ît***	qu' il ait offert	qu' il eût offert
que nous offr ***ions***	que nous offr ***issions***	que n. ayons offert	que n. eussions offert
que vous offr ***iez***	que vous offr ***issiez***	que v. ayez offert	que v. eussiez offert
qu' ils offr ***ent***	qu' ils offr ***issent***	qu' ils aient offert	qu' ils eussent offert

INFINITIF

Présent	Passé
offrir	avoir offert

PARTICIPE

Présent	Passé
offrant	offert ayant offert

GÉRONDIF

Présent	Passé
en offrant	en ayant offert

49 plaire / 3e groupe

- Même conjugaison pour complaire, déplaire et taire.
- Participe passé invariable (elles se sont plu à Cabourg).
- Attention à l'accent circonflexe sur le **i** à la 3e personne du singulier de l'indicatif présent.
- Taire ne prend pas d'accent circonflexe à la 3e personne de l'indicatif présent (il tait) et a un participe passé variable (elles se sont tues).
- **Radicaux** : plai-, plaî-, plais-, pl-, plair-.

INDICATIF

Présent	Imparfait	Passé simple	Futur simple
je plai ***s***	je plais ***ais***	je pl ***us***	je plair ***ai***
tu plai ***s***	tu plais ***ais***	tu pl ***us***	tu plair ***as***
il plaî ***t***	il plais ***ait***	il pl ***ut***	il plair ***a***
nous plais ***ons***	nous plais ***ions***	nous pl ***ûmes***	nous plair ***ons***
vous plais ***ez***	vous plais ***iez***	vous pl ***ûtes***	vous plair ***ez***
ils plais ***ent***	ils plais ***aient***	ils pl ***urent***	ils plair ***ont***

Passé composé	Plus-que-parfait	Passé antérieur	Futur antérieur
j' ai plu	j' avais plu	j' eus plu	j' aurai plu
tu as plu	tu avais plu	tu eus plu	tu auras plu
il a plu	il avait plu	il eut plu	il aura plu
nous avons plu	nous avions plu	nous eûmes plu	nous aurons plu
vous avez plu	vous aviez plu	vous eûtes plu	vous aurez plu
ils ont plu	ils avaient plu	ils eurent plu	ils auront plu

CONDITIONNEL

Présent	Passé 1re forme	Passé 2e forme
je plair ***ais***	j' aurais plu	j' eusse plu
tu plair ***ais***	tu aurais plu	tu eusses plu
il plair ***ait***	il aurait plu	il eût plu
nous plair ***ions***	nous aurions plu	nous eussions plu
vous plair ***iez***	vous auriez plu	vous eussiez plu
ils plair ***aient***	ils auraient plu	ils eussent plu

IMPÉRATIF

Présent

plai ***s*** / plais ***ons*** / plais ***ez***

Passé

aie plu / ayons plu / ayez plu

SUBJONCTIF

Présent	Imparfait	Passé	Plus-que-parfait
que je plais ***e***	que je pl ***usse***	que j' aie plu	que j' eusse plu
que tu plais ***es***	que tu pl ***usses***	que tu aies plu	que tu eusses plu
qu' il plais ***e***	qu' il pl ***ût***	qu' il ait plu	qu' il eût plu
que nous plais ***ions***	que nous pl ***ussions***	que n. ayons plu	que n. eussions plu
que vous plais ***iez***	que vous pl ***ussiez***	que v. ayez plu	que v. eussiez plu
qu' ils plais ***ent***	qu' ils pl ***ussent***	qu' ils aient plu	qu' ils eussent plu

INFINITIF

Présent	Passé
plaire	avoir plu

PARTICIPE

Présent	Passé
plaisant	plu ayant plu

GÉRONDIF

Présent	Passé
en plaisant	en ayant plu

3e groupe verbe impersonnel \pleuvoir 50

- Verbe impersonnel, se conjugue uniquement à la 3e personne du singulier.
- Au sens figuré, pleuvoir est parfois employé au pluriel (les mauvaises notes pleuvent).
- **Radicaux** : pleu-, pleuv-, pleuvr-.

INDICATIF

Présent	Imparfait	Passé simple	Futur simple
il pleu ***t***	il pleuv ***ait***	il pl ***ut***	il pleuvr ***a***

Passé composé	Plus-que-parfait	Passé antérieur	Futur antérieur
il a plu	il avait plu	il eut plu	il aura plu

CONDITIONNEL

Présent	Passé 1re forme	Passé 2e forme
il pleuvr ***ait***	il aurait plu	il eût plu

IMPÉRATIF

Présent
–

Passé
–

SUBJONCTIF

Présent	Imparfait	Passé	Plus-que-parfait
qu' il pleuv ***e***	qu' il pl ***ût***	qu' il ait plu	qu' il eût plu

INFINITIF

Présent	Passé
pleuvoir	avoir plu

PARTICIPE

Présent	Passé
pleuvant	plu ayant plu

GÉRONDIF

Présent	Passé
–	–

51 pouvoir / 3e groupe

- À la 1re et la 2e personne du singulier du présent de l'indicatif, la terminaison est **x** et non **s**.
- À la forme interrogative, la 1re personne du singulier du présent de l'indicatif est puis et non peux (puis-je).
- Doublement du **r** au futur simple de l'indicatif et au présent du conditionnel.
- **Radicaux** : peu-, pouv-, peuv-, p-, pourr-, puiss-.

INDICATIF

Présent	Imparfait	Passé simple	Futur simple
je peu ***x*** / p ***uis***	je pouv ***ais***	je p ***us***	je pourr ***ai***
tu peu ***x***	tu pouv ***ais***	tu p ***us***	tu pourr ***as***
il peu ***t***	il pouv ***ait***	il p ***ut***	il pourr ***a***
nous pouv ***ons***	nous pouv ***ions***	nous p ***ûmes***	nous pourr ***ons***
vous pouv ***ez***	vous pouv ***iez***	vous p ***ûtes***	vous pourr ***ez***
ils peuv ***ent***	ils pouv ***aient***	ils p ***urent***	ils pourr ***ont***

Passé composé	Plus-que-parfait	Passé antérieur	Futur antérieur
j' ai pu	j' avais pu	j' eus pu	j' aurai pu
tu as pu	tu avais pu	tu eus pu	tu auras pu
il a pu	il avait pu	il eut pu	il aura pu
nous avons pu	nous avions pu	nous eûmes pu	nous aurons pu
vous avez pu	vous aviez pu	vous eûtes pu	vous aurez pu
ils ont pu	ils avaient pu	ils eurent pu	ils auront pu

CONDITIONNEL

Présent	Passé 1re forme	Passé 2e forme
je pourr ***ais***	j' aurais pu	j' eusse pu
tu pourr ***ais***	tu aurais pu	tu eusses pu
il pourr ***ait***	il aurait pu	il eût pu
nous pourr ***ions***	nous aurions pu	nous eussions pu
vous pourr ***iez***	vous auriez pu	vous eussiez pu
ils pourr ***aient***	ils auraient pu	ils eussent pu

IMPÉRATIF

Présent
–

Passé
–

SUBJONCTIF

Présent	Imparfait	Passé	Plus-que-parfait
que je puiss ***e***	que je p ***usse***	que j' aie pu	que j' eusse pu
que tu puiss ***es***	que tu p ***usses***	que tu aies pu	que tu eusses pu
qu' il puiss ***e***	qu' il p ***ût***	qu' il ait pu	qu' il eût pu
que nous puiss ***ions***	que nous p ***ussions***	que n. ayons pu	que n. eussions pu
que vous puiss ***iez***	que vous p ***ussiez***	que v. ayez pu	que v. eussiez pu
qu' ils puiss ***ent***	qu' ils p ***ussent***	qu' ils aient pu	qu' ils eussent pu

INFINITIF

Présent	Passé
pouvoir	avoir pu

PARTICIPE

Présent	Passé
pouvant	pu ayant pu

GÉRONDIF

Présent	Passé
en pouvant	en ayant pu

prendre 52

- Même conjugaison pour ses dérivés : apprendre, comprendre, se déprendre, désapprendre, entreprendre, s'éprendre, se méprendre, réapprendre, reprendre, surprendre.
- Doublement du **n** devant un e muet.
- Cette conjugaison est une exception aux verbes en -dre présentés dans le tableau 54.
- **Radicaux** : prend-, pren-, prenn-, pr-, prendr-.

INDICATIF

Présent	Imparfait	Passé simple	Futur simple
je prend ***s***	je pren ***ais***	je pr ***is***	je prendr ***ai***
tu prend ***s***	tu pren ***ais***	tu pr ***is***	tu prendr ***as***
il prend	il pren ***ait***	il pr ***it***	il prendr ***a***
nous pren ***ons***	nous pren ***ions***	nous pr ***îmes***	nous prendr ***ons***
vous pren ***ez***	vous pren ***iez***	vous pr ***îtes***	vous prendr ***ez***
ils prenn ***ent***	ils pren ***aient***	ils pr ***irent***	ils prendr ***ont***

Passé composé	Plus-que-parfait	Passé antérieur	Futur antérieur
j' ai pris	j' avais pris	j' eus pris	j' aurai pris
tu as pris	tu avais pris	tu eus pris	tu auras pris
il a pris	il avait pris	il eut pris	il aura pris
nous avons pris	nous avions pris	nous eûmes pris	nous aurons pris
vous avez pris	vous aviez pris	vous eûtes pris	vous aurez pris
ils ont pris	ils avaient pris	ils eurent pris	ils auront pris

CONDITIONNEL

Présent	Passé 1re forme	Passé 2e forme
je prendr ***ais***	j' aurais pris	j' eusse pris
tu prendr ***ais***	tu aurais pris	tu eusses pris
il prendr ***ait***	il aurait pris	il eût pris
nous prendr ***ions***	nous aurions pris	nous eussions pris
vous prendr ***iez***	vous auriez pris	vous eussiez pris
ils prendr ***aient***	ils auraient pris	ils eussent pris

IMPÉRATIF

Présent

prend ***s*** / pren ***ons*** / pren ***ez***

Passé

aie pris / ayons pris / ayez pris

SUBJONCTIF

Présent	Imparfait	Passé	Plus-que-parfait
que je prenn ***e***	que je pr ***isse***	que j' aie pris	que j' eusse pris
que tu prenn ***es***	que tu pr ***isses***	que tu aies pris	que tu eusses pris
qu' il prenn ***e***	qu' il pr ***ît***	qu' il ait pris	qu' il eût pris
que nous pren ***ions***	que nous pr ***issions***	que n. ayons pris	que n. eussions pris
que vous pren ***iez***	que vous pr ***issiez***	que v. ayez pris	que v. eussiez pris
qu' ils prenn ***ent***	qu' ils pr ***issent***	qu' ils aient pris	qu' ils eussent pris

INFINITIF

Présent	Passé
prendre	avoir pris

PARTICIPE

Présent	Passé
prenant	pris ayant pris

GÉRONDIF

Présent	Passé
en prenant	en ayant pris

53 recevoir / 3e groupe verbes en -cevoir

- Se conjuguent sur ce modèle apercevoir, concevoir, décevoir et percevoir.
- La cédille apparaît sous le c, devant un **o** ou un **u**.
- **Radicaux** : reçoi-, recev-, reçoiv-, reç-, recevr-.

INDICATIF

Présent	Imparfait	Passé simple	Futur simple
je reçoi ***s***	je recev ***ais***	je reç ***us***	je recevr ***ai***
tu reçoi ***s***	tu recev ***ais***	tu reç ***us***	tu recevr ***as***
il reçoi ***t***	il recev ***ait***	il reç ***ut***	il recevr ***a***
nous recev ***ons***	nous recev ***ions***	nous reç ***ûmes***	nous recevr ***ons***
vous recev ***ez***	vous recev ***iez***	vous reç ***ûtes***	vous recevr ***ez***
ils reçoiv ***ent***	ils recev ***aient***	ils reç ***urent***	ils recevr ***ont***

Passé composé	Plus-que-parfait	Passé antérieur	Futur antérieur
j' ai reçu	j' avais reçu	j' eus reçu	j' aurai reçu
tu as reçu	tu avais reçu	tu eus reçu	tu auras reçu
il a reçu	il avait reçu	il eut reçu	il aura reçu
nous avons reçu	nous avions reçu	nous eûmes reçu	nous aurons reçu
vous avez reçu	vous aviez reçu	vous eûtes reçu	vous aurez reçu
ils ont reçu	ils avaient reçu	ils eurent reçu	ils auront reçu

CONDITIONNEL

Présent	Passé 1re forme	Passé 2e forme
je recevr ***ais***	j' aurais reçu	j' eusse reçu
tu recevr ***ais***	tu aurais reçu	tu eusses reçu
il recevr ***ait***	il aurait reçu	il eût reçu
nous recevr ***ions***	nous aurions reçu	nous eussions reçu
vous recevr ***iez***	vous auriez reçu	vous eussiez reçu
ils recevr ***aient***	ils auraient reçu	ils eussent reçu

IMPÉRATIF

Présent

reçoi ***s*** / recev ***ons***
recev ***ez***

Passé

aie reçu / ayons reçu / ayez reçu

SUBJONCTIF

Présent	Imparfait	Passé	Plus-que-parfait
que je reçoiv ***e***	que je reç ***usse***	que j' aie reçu	que j' eusse reçu
que tu reçoiv ***es***	que tu reç ***usses***	que tu aies reçu	que tu eusses reçu
qu' il reçoiv ***e***	qu' il reç ***ût***	qu' il ait reçu	qu' il eût reçu
que nous recev ***ions***	que nous reç ***ussions***	que n. ayons reçu	que n. eussions reçu
que vous recev ***iez***	que vous reç ***ussiez***	que v. ayez reçu	que v. eussiez reçu
qu' ils reçoiv ***ent***	qu' ils reç ***ussent***	qu' ils aient reçu	qu' ils eussent reçu

INFINITIF

Présent	Passé
recevoir	avoir reçu

PARTICIPE

Présent	Passé
recevant	reçu ayant reçu

GÉRONDIF

Présent	Passé
en recevant	en ayant reçu

rendre 54

- Verbes en -andre, -endre, -ondre, -erdre, -ordre.
- Même conjugaison pour rompre, corrompre et interrompre, dont la seule particularité est de prendre un **t** après le **p** à la 3e personne du singulier de l'indicatif présent (il rompt, il corrompt, il interrompt).
- Attention : prendre et ses dérivés ne suivent pas cette règle (cf. tableau 52).
- Ces verbes conservent la consonne finale de leur radical à tous les temps.
- **Radicaux** : rend-, rendr-.

INDICATIF

Présent	Imparfait	Passé simple	Futur simple
je rend ***s***	je rend ***ais***	je rend ***is***	je rendr ***ai***
tu rend ***s***	tu rend ***ais***	tu rend ***is***	tu rendr ***as***
il rend	il rend ***ait***	il rend ***it***	il rendr ***a***
nous rend ***ons***	nous rend ***ions***	nous rend ***îmes***	nous rendr ***ons***
vous rend ***ez***	vous rend ***iez***	vous rend ***îtes***	vous rendr ***ez***
ils rend ***ent***	ils rend ***aient***	ils rend ***irent***	ils rendr ***ont***

Passé composé	Plus-que-parfait	Passé antérieur	Futur antérieur
j' ai rendu	j' avais rendu	j' eus rendu	j' aurai rendu
tu as rendu	tu avais rendu	tu eus rendu	tu auras rendu
il a rendu	il avait rendu	il eut rendu	il aura rendu
nous avons rendu	nous avions rendu	nous eûmes rendu	nous aurons rendu
vous avez rendu	vous aviez rendu	vous eûtes rendu	vous aurez rendu
ils ont rendu	ils avaient rendu	ils eurent rendu	ils auront rendu

CONDITIONNEL

Présent	Passé 1re forme	Passé 2e forme
je rendr ***ais***	j' aurais rendu	j' eusse rendu
tu rendr ***ais***	tu aurais rendu	tu eusses rendu
il rendr ***ait***	il aurait rendu	il eût rendu
nous rendr ***ions***	nous aurions rendu	nous eussions rendu
vous rendr ***iez***	vous auriez rendu	vous eussiez rendu
ils rendr ***aient***	ils auraient rendu	ils eussent rendu

IMPÉRATIF

Présent

rend ***s*** / rend ***ons*** / rend ***ez***

Passé

aie rendu / ayons rendu / ayez rendu

SUBJONCTIF

Présent	Imparfait	Passé	Plus-que-parfait
que je rend ***e***	que je rend ***isse***	que j' aie rendu	que j' eusse rendu
que tu rend ***es***	que tu rend ***isses***	que tu aies rendu	que tu eusses rendu
qu' il rend ***e***	qu' il rend ***ît***	qu' il ait rendu	qu' il eût rendu
que nous rend ***ions***	que nous rend ***issions***	que n. ayons rendu	que n. eussions rendu
que vous rend ***iez***	que vous rend ***issiez***	que v. ayez rendu	que v. eussiez rendu
qu' ils rend ***ent***	qu' ils rend ***issent***	qu' ils aient rendu	qu' ils eussent rendu

INFINITIF

Présent	Passé
rendre	avoir rendu

PARTICIPE

Présent	Passé
rendant	rendu ayant rendu

GÉRONDIF

Présent	Passé
en rendant	en ayant rendu

55 résoudre / 3e groupe verbes en -soudre

- Se conjuguent sur ce modèle les verbes absoudre et dissoudre, cependant ceux-ci n'ont pas de passé simple, ni d'imparfait du subjonctif. Leurs participes passés sont absous, absoute et dissous, dissoute.
- Deux participes passés pour le verbe résoudre : résolu(e) et résous / résoute (terme technique de chimie).
- Ces verbes perdent le **d** de leur radical à tous les temps, sauf au futur simple et au conditionnel présent.
- **Radicaux** : résou-, résolv-, résol-, résoudr-.

INDICATIF

Présent	Imparfait	Passé simple	Futur simple
je résou ***s***	je résolv ***ais***	je résol ***us***	je résoudr ***ai***
tu résou ***s***	tu résolv ***ais***	tu résol ***us***	tu résoudr ***as***
il résou ***t***	il résolv ***ait***	il résol ***ut***	il résoudr ***a***
nous résolv ***ons***	nous résolv ***ions***	nous résol ***ûmes***	nous résoudr ***ons***
vous résolv ***ez***	vous résolv ***iez***	vous résol ***ûtes***	vous résoudr ***ez***
ils résolv ***ent***	ils résolv ***aient***	ils résol ***urent***	ils résoudr ***ont***

Passé composé	Plus-que-parfait	Passé antérieur	Futur antérieur
j' ai résolu	j' avais résolu	j' eus résolu	j' aurai résolu
tu as résolu	tu avais résolu	tu eus résolu	tu auras résolu
il a résolu	il avait résolu	il eut résolu	il aura résolu
nous avons résolu	nous avions résolu	nous eûmes résolu	nous aurons résolu
vous avez résolu	vous aviez résolu	vous eûtes résolu	vous aurez résolu
ils ont résolu	ils avaient résolu	ils eurent résolu	ils auront résolu

CONDITIONNEL

Présent	Passé 1re forme	Passé 2e forme
je résoudr ***ais***	j' aurais résolu	j' eusse résolu
tu résoudr ***ais***	tu aurais résolu	tu eusses résolu
il résoudr ***ait***	il aurait résolu	il eût résolu
nous résoudr ***ions***	nous aurions résolu	nous eussions résolu
vous résoudr ***iez***	vous auriez résolu	vous eussiez résolu
ils résoudr ***aient***	ils auraient résolu	ils eussent résolu

IMPÉRATIF

Présent

résou ***s*** / résolv ***ons*** / résolv ***ez***

Passé

aie résolu / ayons résolu / ayez résolu

SUBJONCTIF

Présent	Imparfait	Passé	Plus-que-parfait
que je résolv ***e***	que je résol ***usse***	que j' aie résolu	que j' eusse résolu
que tu résolv ***es***	que tu résol ***usses***	que tu aies résolu	que tu eusses résolu
qu' il résolv ***e***	qu' il résol ***ût***	qu' il ait résolu	qu' il eût résolu
que nous résolv ***ions***	que nous résol ***ussions***	que n. ayons résolu	que n. eussions résolu
que vous résolv ***iez***	que vous résol ***ussiez***	que v. ayez résolu	que v. eussiez résolu
qu' ils résolv ***ent***	qu' ils résol ***ussent***	qu' ils aient résolu	qu' ils eussent résolu

INFINITIF

Présent	Passé
résoudre	avoir résolu

PARTICIPE

Présent	Passé
résolvant	résolu ayant résolu

GÉRONDIF

Présent	Passé
en résolvant	en ayant résolu

\rire 56

- Sourire se conjugue sur ce modèle.
- Participe passé invariable (elles se sont ri de nous).
- Attention, doublement du **i** à la 1re et à la 2e personne du pluriel de l'imparfait de l'indicatif et du présent du subjonctif (nous riions, que vous riiez).
- Mêmes formes pour le présent de l'indicatif et le passé simple (je ris, tu ris, elle rit), aux 3 personnes du singulier.
- **Radicaux** : ri-, r-, rir-.

INDICATIF

Présent	Imparfait	Passé simple	Futur simple
je ri ***s***	je ri ***ais***	je r ***is***	je rir ***ai***
tu ri ***s***	tu ri ***ais***	tu r ***is***	tu rir ***as***
il ri ***t***	il ri ***ait***	il r ***it***	il rir ***a***
nous ri ***ons***	nous ri ***ions***	nous r ***îmes***	nous rir ***ons***
vous ri ***ez***	vous ri ***iez***	vous r ***îtes***	vous rir ***ez***
ils ri ***ent***	ils ri ***aient***	ils r ***irent***	ils rir ***ont***

Passé composé	Plus-que-parfait	Passé antérieur	Futur antérieur
j' ai ri	j' avais ri	j' eus ri	j' aurai ri
tu as ri	tu avais ri	tu eus ri	tu auras ri
il a ri	il avait ri	il eut ri	il aura ri
nous avons ri	nous avions ri	nous eûmes ri	nous aurons ri
vous avez ri	vous aviez ri	vous eûtes ri	vous aurez ri
ils ont ri	ils avaient ri	ils eurent ri	ils auront ri

CONDITIONNEL

Présent	Passé 1re forme	Passé 2e forme
je rir ***ais***	j' aurais ri	j' eusse ri
tu rir ***ais***	tu aurais ri	tu eusses ri
il rir ***ait***	il aurait ri	il eût ri
nous rir ***ions***	nous aurions ri	nous eussions ri
vous rir ***iez***	vous auriez ri	vous eussiez ri
ils rir ***aient***	ils auraient ri	ils eussent ri

IMPÉRATIF

Présent

ri ***s*** / ri ***ons*** / ri ***ez***

Passé

aie ri / ayons ri / ayez ri

SUBJONCTIF

Présent	Imparfait	Passé	Plus-que-parfait
que je ri ***e***	que je r ***isse***	que j' aie ri	que j' eusse ri
que tu ri ***es***	que tu r ***isses***	que tu aies ri	que tu eusses ri
qu' il ri ***e***	qu' il r ***ît***	qu' il ait ri	qu' il eût ri
que nous ri ***ions***	que nous r ***issions***	que n. ayons ri	que n. eussions ri
que vous ri ***iez***	que vous r ***issiez***	que v. ayez ri	que v. eussiez ri
qu' ils ri ***ent***	qu' ils r ***issent***	qu' ils aient ri	qu' ils eussent ri

INFINITIF

Présent	Passé
rire	avoir ri

PARTICIPE

Présent	Passé
riant	ri ayant ri

GÉRONDIF

Présent	Passé
en riant	en ayant ri

57 savoir / 3e groupe

- Le présent du subjonctif ainsi que l'impératif présent et le participe présent ont conservé une base archaïsante (que je sache, que nous sachions, sache, sachant).
- **Radicaux** : sai-, sav-, s-, saur-, sach-.

INDICATIF

Présent	Imparfait	Passé simple	Futur simple
je sai ***s***	je sav ***ais***	je s ***us***	je saur ***ai***
tu sai ***s***	tu sav ***ais***	tu s ***us***	tu saur ***as***
il sai ***t***	il sav ***ait***	il s ***ut***	il saur ***a***
nous sav ***ons***	nous sav ***ions***	nous s ***ûmes***	nous saur ***ons***
vous sav ***ez***	vous sav ***iez***	vous s ***ûtes***	vous saur ***ez***
ils sav ***ent***	ils sav ***aient***	ils s ***urent***	ils saur ***ont***

Passé composé	Plus-que-parfait	Passé antérieur	Futur antérieur
j' ai su	j' avais su	j' eus su	j' aurai su
tu as su	tu avais su	tu eus su	tu auras su
il a su	il avait su	il eut su	il aura su
nous avons su	nous avions su	nous eûmes su	nous aurons su
vous avez su	vous aviez su	vous eûtes su	vous aurez su
ils ont su	ils avaient su	ils eurent su	ils auront su

CONDITIONNEL

Présent	Passé 1re forme	Passé 2e forme
je saur ***ais***	j' aurais su	j' eusse su
tu saur ***ais***	tu aurais su	tu eusses su
il saur ***ait***	il aurait su	il eût su
nous saur ***ions***	nous aurions su	nous eussions su
vous saur ***iez***	vous auriez su	vous eussiez su
ils saur ***aient***	ils auraient su	ils eussent su

IMPÉRATIF

Présent

sach ***e*** / sach ***ons*** / sach ***ez***

Passé

aie su / ayons su / ayez su

SUBJONCTIF

Présent	Imparfait	Passé	Plus-que-parfait
que je sach ***e***	que je s ***usse***	que j' aie su	que j' eusse su
que tu sach ***es***	que tu s ***usses***	que tu aies su	que tu eusses su
qu' il sach ***e***	qu' il s ***ût***	qu' il ait su	qu' il eût su
que nous sach ***ions***	que nous s ***ussions***	que n. ayons su	que n. eussions su
que vous sach ***iez***	que vous s ***ussiez***	que v. ayez su	que v. eussiez su
qu' ils sach ***ent***	qu' ils s ***ussent***	qu' ils aient su	qu' ils eussent su

INFINITIF

Présent	Passé
savoir	avoir su

PARTICIPE

Présent	Passé
sachant	su ayant su

GÉRONDIF

Présent	Passé
en sachant	en ayant su

- Participe passé invariable : suffi.
- Même conjugaison pour circoncire (participe passé, circoncis), confire (confit), déconfire (déconfit) et frire (frit).
- Mêmes formes pour le présent de l'indicatif et le passé simple (je suffis, tu suffis, elle suffit) aux 3 personnes du singulier.
- **Radicaux** : suffi-, suffis-, suff-, suffir-.

INDICATIF

Présent	Imparfait	Passé simple	Futur simple
je suffi ***s***	je suffis ***ais***	je suff ***is***	je suffir ***ai***
tu suffi ***s***	tu suffis ***ais***	tu suff ***is***	tu suffir ***as***
il suffi ***t***	il suffis ***ait***	il suff ***it***	il suffir ***a***
nous suffis ***ons***	nous suffis ***ions***	nous suff ***îmes***	nous suffir ***ons***
vous suffis ***ez***	vous suffis ***iez***	vous suff ***îtes***	vous suffir ***ez***
ils suffis ***ent***	ils suffis ***aient***	ils suff ***irent***	ils suffir ***ont***

Passé composé	Plus-que-parfait	Passé antérieur	Futur antérieur
j' ai suffi	j' avais suffi	j' eus suffi	j' aurai suffi
tu as suffi	tu avais suffi	tu eus suffi	tu auras suffi
il a suffi	il avait suffi	il eut suffi	il aura suffi
nous avons suffi	nous avions suffi	nous eûmes suffi	nous aurons suffi
vous avez suffi	vous aviez suffi	vous eûtes suffi	vous aurez suffi
ils ont suffi	ils avaient suffi	ils eurent suffi	ils auront suffi

CONDITIONNEL

Présent	Passé 1re forme	Passé 2e forme
je suffir ***ais***	j' aurais suffi	j' eusse suffi
tu suffir ***ais***	tu aurais suffi	tu eusses suffi
il suffir ***ait***	il aurait suffi	il eût suffi
nous suffir ***ions***	nous aurions suffi	nous eussions suffi
vous suffir ***iez***	vous auriez suffi	vous eussiez suffi
ils suffir ***aient***	ils auraient suffi	ils eussent suffi

IMPÉRATIF

Présent

suffi ***s*** / suffis ***ons*** / suffis ***ez***

Passé

aie suffi / ayons suffi / ayez suffi

SUBJONCTIF

Présent	Imparfait	Passé	Plus-que-parfait
que je suffis ***e***	que je suff ***isse***	que j' aie suffi	que j' eusse suffi
que tu suffis ***es***	que tu suff ***isses***	que tu aies suffi	que tu eusses suffi
qu' il suffis ***e***	qu' il suff ***ît***	qu' il ait suffi	qu' il eût suffi
que nous suffis ***ions***	que nous suff ***issions***	que n. ayons suffi	que n. eussions suffi
que vous suffis ***iez***	que vous suff ***issiez***	que v. ayez suffi	que v. eussiez suffi
qu' ils suffis ***ent***	qu' ils suff ***issent***	qu' ils aient suffi	qu' ils eussent suffi

INFINITIF

Présent	Passé
suffir	avoir suffi

PARTICIPE

Présent	Passé
suffisant	suffi ayant suffi

GÉRONDIF

Présent	Passé
en suffisant	en ayant suffi

59 suivre / 3e groupe

- Se conjuguent sur ce modèle les verbes s'ensuivre et poursuivre.
- Attention : les premières personnes du singulier du présent de l'indicatif du verbe suivre et du verbe être sont identiques (je suis).
- **Radicaux** : sui-, suiv-, suivr-.

INDICATIF

Présent	Imparfait	Passé simple	Futur simple
je sui *s*	je suiv *ais*	je suiv *is*	je suivr *ai*
tu sui *s*	tu suiv *ais*	tu suiv *is*	tu suivr *as*
il sui *t*	il suiv *ait*	il suiv *it*	il suivr *a*
nous suiv *ons*	nous suiv *ions*	nous suiv *îmes*	nous suivr *ons*
vous suiv *ez*	vous suiv *iez*	vous suiv *îtes*	vous suivr *ez*
ils suiv *ent*	ils suiv *aient*	ils suiv *irent*	ils suivr *ont*

Passé composé	Plus-que-parfait	Passé antérieur	Futur antérieur
j' ai suivi	j' avais suivi	j' eus suivi	j' aurai suivi
tu as suivi	tu avais suivi	tu eus suivi	tu auras suivi
il a suivi	il avait suivi	il eut suivi	il aura suivi
nous avons suivi	nous avions suivi	nous eûmes suivi	nous aurons suivi
vous avez suivi	vous aviez suivi	vous eûtes suivi	vous aurez suivi
ils ont suivi	ils avaient suivi	ils eurent suivi	ils auront suivi

CONDITIONNEL

Présent	Passé 1re forme	Passé 2e forme
je suivr *ais*	j' aurais suivi	j' eusse suivi
tu suivr *ais*	tu aurais suivi	tu eusses suivi
il suivr *ait*	il aurait suivi	il eût suivi
nous suivr *ions*	nous aurions suivi	nous eussions suivi
vous suivr *iez*	vous auriez suivi	vous eussiez suivi
ils suivr *aient*	ils auraient suivi	ils eussent suivi

IMPÉRATIF

Présent

sui *s* / suiv *ons* / suiv *ez*

Passé

aie suivi / ayons suivi / ayez suivi

SUBJONCTIF

Présent	Imparfait	Passé	Plus-que-parfait
que je suiv *e*	que je suiv *isse*	que j' aie suivi	que j' eusse suivi
que tu suiv *es*	que tu suiv *isses*	que tu aies suivi	que tu eusses suivi
qu' il suiv *e*	qu' il suiv *ît*	qu' il ait suivi	qu' il eût suivi
que nous suiv *ions*	que nous suiv *issions*	que n. ayons suivi	que n. eussions suivi
que vous suiv *iez*	que vous suiv *issiez*	que v. ayez suivi	que v. eussiez suivi
qu' ils suiv *ent*	qu' ils suiv *issent*	qu' ils aient suivi	qu' ils eussent suivi

INFINITIF

Présent	Passé
suivre	avoir suivi

PARTICIPE

Présent	Passé
suivant	suivi ayant suivi

GÉRONDIF

Présent	Passé
en suivant	en ayant suivi

- Le verbe convaincre se conjugue sur ce modèle.
- Attention, pas de **t** final à la 3e personne du singulier du présent de l'indicatif (il vainc).
- Si le **c** du radical est devant une voyelle (sauf **u**), il se transforme en **qu** (nous vainquons).
- Le passé simple est en **i** alors que le participe passé est en **u**.

Radicaux : vainc-, vainqu-, vaincr-.

INDICATIF

Présent	Imparfait	Passé simple	Futur simple
je vainc ***s***	je vainqu ***ais***	je vainqu ***is***	je vaincr ***ai***
tu vainc ***s***	tu vainqu ***ais***	tu vainqu ***is***	tu vaincr ***as***
il vainc	il vainqu ***ait***	il vainqu ***it***	il vaincr ***a***
nous vainqu ***ons***	nous vainqu ***ions***	nous vainqu ***îmes***	nous vaincr ***ons***
vous vainqu ***ez***	vous vainqu ***iez***	vous vainqu ***îtes***	vous vaincr ***ez***
ils vainqu ***ent***	ils vainqu ***aient***	ils vainqu ***irent***	ils vaincr ***ont***

Passé composé	Plus-que-parfait	Passé antérieur	Futur antérieur
j' ai vaincu	j' avais vaincu	j' eus vaincu	j' aurai vaincu
tu as vaincu	tu avais vaincu	tu eus vaincu	tu auras vaincu
il a vaincu	il avait vaincu	il eut vaincu	il aura vaincu
nous avons vaincu	nous avions vaincu	nous eûmes vaincu	nous aurons vaincu
vous avez vaincu	vous aviez vaincu	vous eûtes vaincu	vous aurez vaincu
ils ont vaincu	ils avaient vaincu	ils eurent vaincu	ils auront vaincu

CONDITIONNEL

Présent	Passé 1re forme	Passé 2e forme
je vaincr ***ais***	j' aurais vaincu	j' eusse vaincu
tu vaincr ***ais***	tu aurais vaincu	tu eusses vaincu
il vaincr ***ait***	il aurait vaincu	il eût vaincu
nous vaincr ***ions***	nous aurions vaincu	nous eussions vaincu
vous vaincr ***iez***	vous auriez vaincu	vous eussiez vaincu
ils vaincr ***aient***	ils auraient vaincu	ils eussent vaincu

IMPÉRATIF

Présent

vainc ***s*** / vainqu ***ons*** / vainqu ***ez***

Passé

aie vaincu / ayons vaincu / ayez vaincu

SUBJONCTIF

Présent	Imparfait	Passé	Plus-que-parfait
que je vainqu ***e***	que je vainqu ***isse***	que j' aie vaincu	que j' eusse vaincu
que tu vainqu ***es***	que tu vainqu ***isses***	que tu aies vaincu	que tu eusses vaincu
qu' il vainqu ***e***	qu' il vainqu ***ît***	qu' il ait vaincu	qu' il eût vaincu
que nous vainqu ***ions***	que nous vainqu ***issions***	que n. ayons vaincu	que n. eussions vaincu
que vous vainqu ***iez***	que vous vainqu ***issiez***	que v. ayez vaincu	que v. eussiez vaincu
qu' ils vainqu ***ent***	qu' ils vainqu ***issent***	qu' ils aient vaincu	qu' ils eussent vaincu

INFINITIF

Présent	Passé
vaincre	avoir vaincu

PARTICIPE

Présent	Passé
vainquant	vaincu ayant vaincu

GÉRONDIF

Présent	Passé
en vainquant	en ayant vaincu

61 valoir / 3e groupe

- Même conjugaison pour équivaloir, prévaloir et revaloir. (Au subjonctif présent, prévaloir fait : que je prévale..., que nous prévalions...)
- À la 1re et à la 2e personne du singulier du présent de l'indicatif, la terminaison est **x** et non **s**.
- Accord du participe passé à la forme pronominale (elle s'est prévalue de ses droits)
- **Radicaux** : vau-, val-, vaudr-, vaill-.

INDICATIF

Présent	Imparfait	Passé simple	Futur simple
je vau ***x***	je val ***ais***	je val ***us***	je vaudr ***ai***
tu vau ***x***	tu val ***ais***	tu val ***us***	tu vaudr ***as***
il vau ***t***	il val ***ait***	il val ***ut***	il vaudr ***a***
nous val ***ons***	nous val ***ions***	nous val ***ûmes***	nous vaudr ***ons***
vous val ***ez***	vous val ***iez***	vous val ***ûtes***	vous vaudr ***ez***
ils val ***ent***	ils val ***aient***	ils val ***urent***	ils vaudr ***ont***

Passé composé	Plus-que-parfait	Passé antérieur	Futur antérieur
j' ai valu	j' avais valu	j' eus valu	j' aurai valu
tu as valu	tu avais valu	tu eus valu	tu auras valu
il a valu	il avait valu	il eut valu	il aura valu
nous avons valu	nous avions valu	nous eûmes valu	nous aurons valu
vous avez valu	vous aviez valu	vous eûtes valu	vous aurez valu
ils ont valu	ils avaient valu	ils eurent valu	ils auront valu

CONDITIONNEL

Présent	Passé 1re forme	Passé 2e forme
je vaudr ***ais***	j' aurais valu	j' eusse valu
tu vaudr ***ais***	tu aurais valu	tu eusses valu
il vaudr ***ait***	il aurait valu	il eût valu
nous vaudr ***ions***	nous aurions valu	nous eussions valu
vous vaudr ***iez***	vous auriez valu	vous eussiez valu
ils vaudr ***aient***	ils auraient valu	ils eussent valu

IMPÉRATIF

Présent

vau ***x*** / val ***ons*** / val ***ez***

Passé

aie valu / ayons valu / ayez valu

SUBJONCTIF

Présent	Imparfait	Passé	Plus-que-parfait
que je vaill ***e***	que je val ***usse***	que j' aie valu	que j' eusse valu
que tu vaill ***es***	que tu val ***usses***	que tu aies valu	que tu eusses valu
qu' il vaill ***e***	qu' il val ***ût***	qu' il ait valu	qu' il eût valu
que nous val ***ions***	que nous val ***ussions***	que n. ayons valu	que n. eussions valu
que vous val ***iez***	que vous val ***ussiez***	que v. ayez valu	que v. eussiez valu
qu' ils vaill ***ent***	qu' ils val ***ussent***	qu' ils aient valu	qu' ils eussent valu

INFINITIF

Présent	Passé
valoir	avoir valu

PARTICIPE

Présent	Passé
valant	valu ayant valu

GÉRONDIF

Présent	Passé
en valant	en ayant valu

venir 62

- Les dérivés de venir se conjuguent sur ce modèle : circonvenir, convenir, devenir, se souvenir. (Advenir n'est employé qu'aux 3es personnes du singulier et du pluriel.) Même conjugaison pour tenir et ses dérivés (s'abstenir, appartenir, contenir, entretenir, maintenir, obtenir...).
- Doublement du **n** devant un **e** muet.
- Le verbe venir sert à former le futur proche (je viens d'arriver).
- **Radicaux** : vien-, ven, vienn-, v-, viendr-.

INDICATIF

Présent	Imparfait	Passé simple	Futur simple
je vien ***s***	je ven ***ais***	je v ***ins***	je viendr ***ai***
tu vien ***s***	tu ven ***ais***	tu v ***ins***	tu viendr ***as***
il vien ***t***	il ven ***ait***	il v ***int***	il viendr ***a***
nous ven ***ons***	nous ven ***ions***	nous v ***înmes***	nous viendr ***ons***
vous ven ***ez***	vous ven ***iez***	vous v ***întes***	vous viendr ***ez***
ils vienn ***ent***	ils ven ***aient***	ils v ***inrent***	ils viendr ***ont***

Passé composé	Plus-que-parfait	Passé antérieur	Futur antérieur
je suis venu	j' étais venu	je fus venu	je serai venu
tu es venu	tu étais venu	tu fus venu	tu seras venu
il est venu	il était venu	il fut venu	il sera venu
nous sommes venus	nous étions venus	nous fûmes venus	nous serons venus
vous êtes venus	vous étiez venus	vous fûtes venus	vous serez venus
ils sont venus	ils étaient venus	ils furent venus	ils seront venus

CONDITIONNEL

Présent	Passé 1re forme	Passé 2e forme
je viendr ***ais***	je serais venu	je fusse venu
tu viendr ***ais***	tu serais venu	tu fusses venu
il viendr ***ait***	il serait venu	il fût venu
nous viendr ***ions***	nous serions venus	nous fussions venus
vous viendr ***iez***	vous seriez venus	vous fussiez venus
ils viendr ***aient***	ils seraient venus	ils fussent venus

IMPÉRATIF

Présent

vien ***s*** / ven ***ons*** / ven ***ez***

Passé

sois venu / soyons venus / soyez venus

SUBJONCTIF

Présent	Imparfait	Passé	Plus-que-parfait
que je vienn ***e***	que je v ***insse***	que je sois venu	que je fusse venu
que tu vienn ***es***	que tu v ***insses***	que tu sois venu	que tu fusses venu
qu' il vienn ***e***	qu' il v ***înt***	qu' il soit venu	qu' il fût venu
que nous ven ***ions***	que nous v ***inssions***	que n. soyons venus	que n. fussions venus
que vous ven ***iez***	que vous v ***inssiez***	que v. soyez venus	que v. fussiez venus
qu' ils vienn ***ent***	qu' ils v ***inssent***	qu' ils soient venus	qu' ils fussent venus

INFINITIF

Présent	Passé
venir	être venu

PARTICIPE

Présent	Passé
venant	venu étant venu

GÉRONDIF

Présent	Passé
en venant	en étant venu

63 vêtir / 3ᵉ groupe exception des verbes en -tir

- Même conjugaison pour ses dérivés dévêtir, revêtir et survêtir.
- Ce verbe est une exception à la règle générale des verbes en -tir, comme mentir (cf. tableau 43), puisque le **t** de son radical est maintenu partout.
- Remarque : l'accent circonflexe est maintenu partout aussi (puisqu'il apparaît toujours devant un **t**).
- **Radicaux** : vêt-, vêtir-.

INDICATIF

Présent	Imparfait	Passé simple	Futur simple
je vêt ***s***	je vêt ***ais***	je vêt ***is***	je vêtir ***ai***
tu vêt ***s***	tu vêt ***ais***	tu vêt ***is***	tu vêtir ***as***
il vêt	il vêt ***ait***	il vêt ***it***	il vêtir ***a***
nous vêt ***ons***	nous vêt ***ions***	nous vêt ***îmes***	nous vêtir ***ons***
vous vêt ***ez***	vous vêt ***iez***	vous vêt ***îtes***	vous vêtir ***ez***
ils vêt ***ent***	ils vêt ***aient***	ils vêt ***irent***	ils vêtir ***ont***

Passé composé	Plus-que-parfait	Passé antérieur	Futur antérieur
j' ai vêtu	j' avais vêtu	j' eus vêtu	j' aurai vêtu
tu as vêtu	tu avais vêtu	tu eus vêtu	tu auras vêtu
il a vêtu	il avait vêtu	il eut vêtu	il aura vêtu
nous avons vêtu	nous avions vêtu	nous eûmes vêtu	nous aurons vêtu
vous avez vêtu	vous aviez vêtu	vous eûtes vêtu	vous aurez vêtu
ils ont vêtu	ils avaient vêtu	ils eurent vêtu	ils auront vêtu

CONDITIONNEL

Présent	Passé 1ʳᵉ forme	Passé 2ᵉ forme
je vêtir ***ais***	j' aurais vêtu	j' eusse vêtu
tu vêtir ***ais***	tu aurais vêtu	tu eusses vêtu
il vêtir ***ait***	il aurait vêtu	il eût vêtu
nous vêtir ***ions***	nous aurions vêtu	nous eussions vêtu
vous vêtir ***iez***	vous auriez vêtu	vous eussiez vêtu
ils vêtir ***aient***	ils auraient vêtu	ils eussent vêtu

IMPÉRATIF

Présent

vêt ***s*** / vêt ***ons*** / vêt ***ez***

Passé

aie vêtu / ayons vêtu / ayez vêtu

SUBJONCTIF

Présent	Imparfait	Passé	Plus-que-parfait
que je vêt ***e***	que je vêt ***isse***	que j' aie vêtu	que j' eusse vêtu
que tu vêt ***es***	que tu vêt ***isses***	que tu aies vêtu	que tu eusses vêtu
qu' il vêt ***e***	qu' il vêt ***ît***	qu' il ait vêtu	qu' il eût vêtu
que nous vêt ***ions***	que nous vêt ***issions***	que n. ayons vêtu	que n. eussions vêtu
que vous vêt ***iez***	que vous vêt ***issiez***	que v. ayez vêtu	que v. eussiez vêtu
qu' ils vêt ***ent***	qu' ils vêt ***issent***	qu' ils aient vêtu	qu' ils eussent vêtu

INFINITIF		PARTICIPE		GÉRONDIF	
Présent	Passé	Présent	Passé	Présent	Passé
vêtir	avoir vêtu	vêtant	vêtu ayant vêtu	en vêtant	en ayant vêtu

vivre 64

- Même conjugaison pour ses dérivés revivre et survivre (mais le participe passé de survivre est invariable).
- Attention : les formes des 3 personnes du singulier de l'indicatif présent sont identiques à celles des 3 personnes du singulier du passé simple du verbe **voir** (je vis, tu vis, il vit).
- **Radicaux** : vi-, viv-, véc-, vivr-.

INDICATIF

Présent	Imparfait	Passé simple	Futur simple
je vi ***s***	je viv ***ais***	je véc ***us***	je vivr ***ai***
tu vi ***s***	tu viv ***ais***	tu véc ***us***	tu vivr ***as***
il vi ***t***	il viv ***ait***	il véc ***ut***	il vivr ***a***
nous viv ***ons***	nous viv ***ions***	nous véc ***ûmes***	nous vivr ***ons***
vous viv ***ez***	vous viv ***iez***	vous véc ***ûtes***	vous vivr ***ez***
ils viv ***ent***	ils viv ***aient***	ils véc ***urent***	ils vivr ***ont***

Passé composé	Plus-que-parfait	Passé antérieur	Futur antérieur
j' ai vécu	j' avais vécu	j' eus vécu	j' aurai vécu
tu as vécu	tu avais vécu	tu eus vécu	tu auras vécu
il a vécu	il avait vécu	il eut vécu	il aura vécu
nous avons vécu	nous avions vécu	nous eûmes vécu	nous aurons vécu
vous avez vécu	vous aviez vécu	vous eûtes vécu	vous aurez vécu
ils ont vécu	ils avaient vécu	ils eurent vécu	ils auront vécu

CONDITIONNEL

Présent	Passé 1re forme	Passé 2e forme
je vivr ***ais***	j' aurais vécu	j' eusse vécu
tu vivr ***ais***	tu aurais vécu	tu eusses vécu
il vivr ***ait***	il aurait vécu	il eût vécu
nous vivr ***ions***	nous aurions vécu	nous eussions vécu
vous vivr ***iez***	vous auriez vécu	vous eussiez vécu
ils vivr ***aient***	ils auraient vécu	ils eussent vécu

IMPÉRATIF

Présent

vi ***s*** / viv ***ons*** / viv ***ez***

Passé

aie vécu / ayons vécu / ayez vécu

SUBJONCTIF

Présent	Imparfait	Passé	Plus-que-parfait
que je viv ***e***	que je véc ***usse***	que j' aie vécu	que j' eusse vécu
que tu viv ***es***	que tu véc ***usses***	que tu aies vécu	que tu eusses vécu
qu' il viv ***e***	qu' il véc ***ût***	qu' il ait vécu	qu' il eût vécu
que nous viv ***ions***	que nous véc ***ussions***	que n. ayons vécu	que n. eussions vécu
que vous viv ***iez***	que vous véc ***ussiez***	que v. ayez vécu	que v. eussiez vécu
qu' ils viv ***ent***	qu' ils véc ***ussent***	qu' ils aient vécu	qu' ils eussent vécu

INFINITIF

Présent	Passé
vivre	avoir vécu

PARTICIPE

Présent	Passé
vivant	vécu ayant vécu

GÉRONDIF

Présent	Passé
en vivant	en ayant vécu

65 voir / 3e groupe

- Même conjugaison pour entrevoir, prévoir, pourvoir et revoir. (Attention : prévoir : je prévoirai... et je prévoirais... / pourvoir : je pourvoirai..., je pourvoirais..., je pourvus... et que je pourvusse...
- Le **i** du radical devient **y** devant une voyelle prononcée. Ne pas oublier le **i** après le **y** aux 1re et 2e personnes du pluriel de l'imparfait de l'indicatif et du présent du subjonctif.
- Le **r** est doublé au futur simple de l'indicatif et au présent du conditionnel.
- Les formes des 3 personnes du singulier du passé simple de l'indicatif du verbe voir sont identiques à celles des 3 personnes du singulier du présent de l'indicatif du verbe vivre (je vis, tu vis, il vit).
- **Radicaux** : voi-, voy-, v-, verr-.

INDICATIF

Présent	Imparfait	Passé simple	Futur simple
je voi ***s***	je voy ***ais***	je v ***is***	je verr ***ai***
tu voi ***s***	tu voy ***ais***	tu v ***is***	tu verr ***as***
il voi ***t***	il voy ***ait***	il v ***it***	il verr ***a***
nous voy ***ons***	nous voy ***ions***	nous v ***îmes***	nous verr ***ons***
vous voy ***ez***	vous voy ***iez***	vous v ***îtes***	vous verr ***ez***
ils voi ***ent***	ils voy ***aient***	ils v ***irent***	ils verr ***ont***

Passé composé	Plus-que-parfait	Passé antérieur	Futur antérieur
j' ai vu	j' avais vu	j' eus vu	j' aurai vu
tu as vu	tu avais vu	tu eus vu	tu auras vu
il a vu	il avait vu	il eut vu	il aura vu
nous avons vu	nous avions vu	nous eûmes vu	nous aurons vu
vous avez vu	vous aviez vu	vous eûtes vu	vous aurez vu
ils ont vu	ils avaient vu	ils eurent vu	ils auront vu

CONDITIONNEL

Présent	Passé 1re forme	Passé 2e forme
je verr ***ais***	j' aurais vu	j' eusse vu
tu verr ***ais***	tu aurais vu	tu eusses vu
il verr ***ait***	il aurait vu	il eût vu
nous verr ***ions***	nous aurions vu	nous eussions vu
vous verr ***iez***	vous auriez vu	vous eussiez vu
ils verr ***aient***	ils auraient vu	ils eussent vu

IMPÉRATIF

Présent	Passé
voi ***s*** / voy ***ons*** / voy ***ez***	aie vu / ayons vu / ayez vu

SUBJONCTIF

Présent	Imparfait	Passé	Plus-que-parfait
que je voi ***e***	que je v ***isse***	que j' aie vu	que j' eusse vu
que tu voi ***es***	que tu v ***isses***	que tu aies vu	que tu eusses vu
qu' il voi ***e***	qu' il v ***ît***	qu' il ait vu	qu' il eût vu
que nous voy ***ions***	que nous v ***issions***	que n. ayons vu	que n. eussions vu
que vous voy ***iez***	que vous v ***issiez***	que v. ayez vu	que v. eussiez vu
qu' ils voi ***ent***	qu' ils v ***issent***	qu' ils aient vu	qu' ils eussent vu

INFINITIF

Présent	Passé
voir	avoir vu

PARTICIPE

Présent	Passé
voyant	vu ayant vu

GÉRONDIF

Présent	Passé
en voyant	en ayant vu

vouloir 66

- Les 1re et 2e personnes du singulier se terminent par **x** et non par **s** (je peux).
- Il existe une forme atténuée à l'impératif, couramment employée dans les formules de politesse (veuillez m'excuser).
  Radicaux : veu-, voul-, veul-, voudr-, veuill-.

INDICATIF

Présent	Imparfait	Passé simple	Futur simple
je veu ***x***	je voul ***ais***	je voul ***us***	je voudr ***ai***
tu veu ***x***	tu voul ***ais***	tu voul ***us***	tu voudr ***as***
il veu ***t***	il voul ***ait***	il voul ***ut***	il voudr ***a***
nous voul ***ons***	nous voul ***ions***	nous voul ***ûmes***	nous voudr ***ons***
vous voul ***ez***	vous voul ***iez***	vous voul ***ûtes***	vous voudr ***ez***
ils veul ***ent***	ils voul ***aient***	ils voul ***urent***	ils voudr ***ont***

Passé composé	Plus-que-parfait	Passé antérieur	Futur antérieur
j' ai voulu	j' avais voulu	j' eus voulu	j' aurai voulu
tu as voulu	tu avais voulu	tu eus voulu	tu auras voulu
il a voulu	il avait voulu	il eut voulu	il aura voulu
nous avons voulu	nous avions voulu	nous eûmes voulu	nous aurons voulu
vous avez voulu	vous aviez voulu	vous eûtes voulu	vous aurez voulu
ils ont voulu	ils avaient voulu	ils eurent voulu	ils auront voulu

CONDITIONNEL

Présent	Passé 1re forme	Passé 2e forme
je voudr ***ais***	j' aurais voulu	j' eusse voulu
tu voudr ***ais***	tu aurais voulu	tu eusses voulu
il voudr ***ait***	il aurait voulu	il eût voulu
nous voudr ***ions***	nous aurions voulu	nous eussions voulu
vous voudr ***iez***	vous auriez voulu	vous eussiez voulu
ils voudr ***aient***	ils auraient voulu	ils eussent voulu

IMPÉRATIF

Présent

veu ***x*** ou veuill ***e*** / voul ***ons*** / voul ***ez*** ou veuill ***ez***

Passé

aie voulu / ayons voulu / ayez voulu

SUBJONCTIF

Présent	Imparfait	Passé	Plus-que-parfait
que je veuill ***e***	que je voul ***usse***	que j' aie voulu	que j' eusse voulu
que tu veuill ***es***	que tu voul ***usses***	que tu aies voulu	que tu eusses voulu
qu' il veuill ***e***	qu' il voul ***ût***	qu' il ait voulu	qu' il eût voulu
que nous voul ***ions***	que nous voul ***ussions***	que n. ayons voulu	que n. eussions voulu
que vous voul ***iez***	que vous voul ***ussiez***	que v. ayez voulu	que v. eussiez voulu
qu' ils veuill ***ent***	qu' ils voul ***ussent***	qu' ils aient voulu	qu' ils eussent voulu

INFINITIF

Présent	Passé
vouloir	avoir voulu

PARTICIPE

Présent	Passé
voulant	voulu ayant voulu

GÉRONDIF

Présent	Passé
en voulant	en ayant voulu

- 3 -

Exercices

Pour les exercices, les numéros entre parenthèses renvoient aux tableaux des conjugaisons complètes des verbes.

I - LES TEMPS SIMPLES

L'indicatif présent

1. VERBES RÉGULIERS

– Conjuguez les verbes en italique au présent de l'indicatif :

Les maraîchers *installer*[1] leurs produits dès l'aube. Les premiers clients *arriver*[2] et *choisir*[3] quelques beaux fruits. Nous *goûter*[4] des clémentines, que la marchande nous *tendre*[5] en disant : « Chez moi, nous en *manger*[6] cinq au moins par jour. » Nous la *remercier*[7] chaleureusement et nous *se diriger*[8] vers le stand suivant, où une vieille dame me *surprendre*[9] en me tendant une jolie rose parfumée : « Je t'en *prier*[10], jeune fille... Tu *emballer*[11] cette fleur, tu y *joindre*[12] une petite carte, et tu l'*offrir*[13] à ta Mamie... Une grand-mère qui *recevoir*[14] un si beau cadeau et qui *sentir*[15] que sa petite-fille *penser*[16] à elle est toujours ravie ! Elle *se souvenir*[17] de leurs promenades, elle *se rappeler*[18] leur complicité. »

1. ....(6)	10. ....(9)
2. ....(6)	11. ....(6)
3. ....(17)	12. ....(21)
4. ....(6)	13. ....(48)
5. ....(54)	14. ....(53)
6. ....(14)	15. ....(43)
7. ....(9)	16. ....(6)
8. ....(14)	17. ....(62)
9. ....(54)	18. ....(12)

– Même consigne :

Tu *acheter*[1] des abricots et des fraises, tu les *nettoyer*[2] bien et tu *enlever*[3] les noyaux des uns et les queues des autres. Tu *prendre*[4] deux casseroles, tu y *placer*[5] les fruits et tu *ajouter*[6] du sucre. Petit à petit, les confitures *cuire*[7] et leurs parfums *se répandre*[8] dans toute la maison. Tous les gourmands *venir*[9] alors te rejoindre et *assaillir*[10] la cuisine. Ils *se régaler*[11] et *se pourlécher*[12] les babines.

1. ....(11)	7. ....(34)
2. ....(10)	8. ....(54)
3. ....(13)	9. ....(62)
4. ....(54)	10. ....(48)
5. ....(5)	11. ....(6)
6. ....(6)	12. ....(16)

2. VERBES IRRÉGULIERS

– Conjuguez les verbes à la personne demandée du présent de l'indicatif :

1. s'asseoir, je (20)................
2. boire, nous (23)................
3. coudre, ils (29)................
4. croire, ils (31)..................
5. dire, vous (36)..................
6. prendre, ils (52) ....
7. vaincre, je (60) ....
8. vouloir, tu (66)....................
9. moudre, nous (45) ....
10. mourir, ils (46)...................

SCORE : .... /40

L'indicatif imparfait

1. VERBES RÉGULIERS

– Conjuguez les verbes en italique à l'imparfait de l'indicatif :

1. Les élèves *se ranger* silencieusement dans la cour. .... (14)
2. La petite Inès *appeler* ma mère Tatie. .... (12)
3. Les chutes de neige nous *contraindre* à rester à la maison. ... (21)
4. Les camions *avancer* avec une lenteur extrême. .... (5)
5. Vous *résoudre* cet exercice avec beaucoup d'aisance........ (55)
6. Les arbres *croître* rapidement au printemps. .... (32)
7. Tu *espérer* que le froid ne durerait pas. .... (16)
8. Le berger *conduire* son troupeau à l'étable. .... (34)
9. Nous *connaître* immédiatement la solution. .... (27)
10. Les chalutiers *rejeter* de petits poissons. .... (12)

– Parmi les propositions faites, entourez la forme correcte de l'imparfait de l'indicatif :

1. Nous *balayons – balayions – balaions – balaiions* le sol de la cuisine. (15)
2. Vous *liiez – lyiez – liez* ces vieux tissus ensemble. (9)
3. Nous nous *baignons – baignions – baigniions*, même par mauvais temps. (6)
4. Il *assaillait – assailliait – assayait* sa grand-mère de questions. (48)
5. Nous *concluons – concluyions – concluions* ces réunions par un dîner. (26)
6. Ils *payiaient – paillaient – payaient* toujours l'addition. (15)
7. Vous *espèriez – espériez – esperriez* la fin de l'hiver. (16)
8. Je *démentissais – démentait – démentais* cette information. (43)
9. Nous *éteignons – éteindions – éteignions* les bougies avant de sortir. (21)
10. Vous *épiiez – épyiez – épiez* chacune de ses réactions. (9)

2. VERBES IRRÉGULIERS

– Conjuguez les verbes à la personne demandée de l'imparfait de l'indicatif :

1. prendre, je .... (52)	11. émouvoir, il .... (38)
2. vaincre, tu .... (60)	12. haïr, ils .... (18)
3. fuir, vous .... (41)	13. courir, elle .... (30)
4. s'asseoir, elles .... (20)	14. prévoir, vous .... (65)
5. moudre, nous .... (45)	15. éclore, ils .... (25)
6. faire, vous .... (39)	16. relire, tu .... (42)
7. rire, vous .... (56)	17. mourir, ils .... (46)
8. suffire, ils .... (58)	18. bouillir, vous .... (24)
9. boire, tu .... (23)	19. croire, nous .... (31)
10. écrire, j' .... (37)	20. plaire, elle .... (49)

SCORE : ...... /40

L'indicatif passé simple

1. VERBES RÉGULIERS

– Conjuguez les verbes en italique au passé simple de l'indicatif :

Le jour de son adoubement, le jeune écuyer *se baigner*[1], *se raser*[2] et *se couvrir*[3] d'une tunique de lin. Puis il *se diriger*[4] vers l'église, où il *passer*[5] la nuit à prier.

Le lendemain, il *rejoindre*[6] les membres de sa famille et ses amis pour prendre le petit-déjeuner en leur compagnie. Ces derniers l'*envier*[7] ; devenir chevalier si jeune était exceptionnel !

Enfin, il *se rendre*[8] sur les lieux de l'adoubement.

Son parrain *se tenir*[9] un instant à l'écart, puis il *s'avancer*[10] vers lui. Il lui *enfiler*[11] son heaume, lui *poser*[12] le haubert sur la tête, et enfin lui *lacer*[13] ses chausses et lui *offrir*[14] ses éperons.

L'écuyer *recevoir*[15] alors tout son équipement : armes, destrier et bouclier.

Il *remercier*[16] son seigneur, puis *conduire*[17] fièrement sa monture à l'écurie.

Au sommet d'une butte, il *embrasser*[18] l'assemblée du regard, *élever*[19] sa bannière et la *regarder*[20] claquer dans le vent.

1. .... (6)	11. .... (6)
2. .... (6)	12. .... (6)
3. .... (48)	13. .... (5)
4. .... (14)	14. .... (48)
5. .... (6)	15. .... (53)
6. .... (21)	16. .... (9)
7. .... (9)	17. .... (34)

8.	(54)	18.	(6)
9.	(62)	19.	(13)
10.	(5)	20.	(6)

– **Choisissez entre les deux formes proposées celle qui est correcte :**

1. La dame *s'évanouit – s'évanoui* (17) d'épouvante.
2. C'est cet artiste qui *créa – créat* (7) cet opéra.
3. Vous *contraignîtes – contraindîtes* (21) cet enfant à choisir.
4. Ils *parveninrent – parvinrent* (62) au sommet de la colline.
5. Les plantes *crurent – crûrent* (32) à une vitesse folle.
6. Vous vous *résolûtes – résoûtes* (55) à partir tôt.
7. Nous *conquérîmes – conquîmes* (28) immédiatement notre public.
8. Je *plaça – plaçai* (5) ce portrait sur la cheminée.
9. Elles *nageèrent – nagèrent* (14) jusqu'au rivage.
10. Elles *hélèrent – héllèrent* (16) un taxi.

2. VERBES IRRÉGULIERS

– **Conjuguez les verbes en italique au passé simple de l'indicatif :**

1. avoir, vous ....(1)	6. vivre, il ....(64)
2. coudre, vous ....(29)	7. naître, ils ....(47)
3. croire, je ....(31)	8. haïr, nous ....(18)
4. faire, tu ....(39)	9. devoir, vous ....(35)
5. être, tu ....(2)	10. vaincre, nous ....(60)

SCORE : ....../40

L'indicatif futur simple

Rappel : Le futur simple de l'indicatif a pour base **l'infinitif** du verbe, auquel on ajoute les terminaisons.

1. VERBES RÉGULIERS

– **Entourez la forme correcte du futur simple de l'indicatif :**

1. Il	*épiera – épira – épirra*	(9)
2. Nous	*nettoyerons – nettoierons – nettoirons*	(10)
3. Ils	*conquéront – conquerront – conquèront*	(28)
4. Je	*receverai – recevrai – recevrais*	(53)
5. Vous	*résoudrez – résolvrez – résolverez*	(55)
6. Tu	*créeras – créras – creeras*	(7)
7. J'	*achèterai – acheterai – achetterai*	(11)
8. Ils	*assailliront – assailleront – assaiyeront*	(48)
9. Nous	*espérerons – espèrerons – esperrons*	(16)
10. Vous	*chancellerez – chancèlerez – chancélerez*	(12)

11. Tu *interpelleras – interpèleras – interpéleras* (6)
12. Je *préleverai – prélèverai – prélèvera* (13)
13. Il *périra – pérrira – pèrira* (17)
14. Elles *paieront – payeront – pairont* (15)
15. Vous *essuierez – essuirez – essuyerez* (10)

– Conjuguez les verbes soulignés au présent de l'indicatif et ceux en italique au futur simple :

1. Si nous <u>être</u> (2) élues, nous *ceindre* (21) nos écharpes.
   Si nous..........élues, nous............... nos écharpes.
2. Si tu ne <u>passer</u> (6) pas à l'action, tu *envier* (9) éternellement tes camarades.
   Si tu ne..............pas à l'action, tu...........éternellement tes camarades.
3. Il *procéder* (16) au changement, si le besoin s'en <u>faire</u> (39) sentir.
   Il.................au changement, si le besoin s'en........... sentir.
4. Je *projeter* (12) ce film, si les élèves le <u>souhaiter</u> (6).
   Je................ ce film, si les élèves le.................
5. Si tu les <u>arroser</u> (6) bien, ces plantes *croître* (32) plus vite.
   Si tu les.............. bien, ces plantes..............plus vite.

2. VERBES IRRÉGULIERS

– Conjuguez les verbes en italique au futur simple de l'indicatif :

1. cueillir, je (33).................	11. émouvoir, nous (38)..........
2. valoir, tu (61)....................	12. avoir, elle (1)....................
3. être, vous (2)....................	13. courir, vous (30)...............
4. savoir, vous (57)...............	14. asseoir, ils (20) ....
5. mourir, ils (46)..................	15. faire, tu (39)....................
6. vouloir, vous (66)..............	16. falloir, il (40)....................
7. aller, elle (19)	17. mourir, ils (46)..................
8. devoir, ils (35)..................	18. pouvoir, vous (51).............
9. envoyer, tu (8)	19. prévoir, nous (65) ....
10. pleuvoir, il (50)	20. voir, elle (65)..................

SCORE : ....../40

Le conditionnel présent

Rappel : Le conditionnel présent de l'indicatif a pour base **l'infinitif** du verbe, auquel on ajoute les terminaisons de l'imparfait de l'indicatif.

1. VERBES RÉGULIERS

– Conjuguez les verbes soulignés à l'imparfait de l'indicatif et ceux en italique au conditionnel présent :

1. Si je le <u>pouvoir</u> (51), je *participer* (6) à ce marathon.
   Si je le.................., je.................. à ce marathon.
2. Tu *recevoir* (53) de ses nouvelles, si tu la <u>contacter</u> (6) le premier.
   Tu................de ses nouvelles, si tu la.................le premier.
3. Si nous <u>aérer</u> (16) cette pièce, les murs *sécher* (16) plus vite !
   Si nous..............cette pièce, les murs..............plus vite !
4. Si vous <u>être</u> (2) moins timides, vous *lier* (9) connaissance plus facilement.
   Si vous...........moins timides, vous.........connaissance plus facilement.
5. Ils *acquérir* (28) plus d'expérience s'ils <u>faire</u> (39) plus de stages.
   Ils............... plus d'expérience s'ils..............plus de stages.

2. VERBES IRRÉGULIERS

– Rayez les formes incorrectes du conditionnel présent :

1. Ils *mourraient – mouriraient – mouraient* de rire. (46)
2. Vous *seriez – sauriez – serriez* avertis du changement. (2)
3. Nous nous *assiérions – assierrions – assoirions* où il y aurait de la place. (20)
4. Tu *voirais – vèrais – verrais* les étoiles, avec ton télescope. (65)
5. J'*allerais – irais – irai* au bout du monde, si tu y étais. (19)
6. Elle *sorait – serait – saurait* sa leçon par cœur, si elle s'en donnait la peine. (57)
7. Vous *courriez – couririrez – couriez* vite, si une averse tombait. (30)
8. Nous *envoyerions – enverrions – envèrions* des nouvelles, si nous le pouvions. (8)
9. Dans ce cas, ils *promouvraient – promeuvraient – promouvoiraient* leurs étudiants. (38)
10. Vous *relieriez – reliriez – relisiez* plusieurs fois ce roman, s'il vous plaisait. (42)

3. BILAN : présent, imparfait, passé simple, futur simple de l'indicatif ou conditionnel présent ?

– Classez chaque forme verbale dans la bonne colonne, en fonction du temps auquel elle est conjuguée :

1. vous *lieriez – liez – liiez – lierez – liâtes* (9)
2. je *suis – serais – fus – serai – étais* (2)
3. je *récitais – récitai – réciterais – récite – réciterai* (6)
4. il *faudra – faut – fallut – fallait – faudrait* (40)
5. tu *parvins – parviens – parviendrais – parviendras – parvenais* (62)

Présent	Imparfait	Passé simple	Futur simple	Conditionnel
1.				
2.				
3.				
4.				
5.				

SCORE : ....../40

L'impératif présent

Rappel : L'impératif présent est le seul temps où **la 2e personne du singulier** ne prenne **pas de –s** (pour les verbes du **groupe I**). Ces mêmes verbes ne prendront –ES que devant les pronoms ***en*** et ***y***.

1. VERBES RÉGULIERS

– Conjuguez les verbes en italique à la deuxième personne du singulier du présent de l'impératif :

Placer[1] des raisins secs dans un récipient et *verser*[2] un peu d'eau dessus.

Délayer[3] la levure dans de l'eau tiède et *laisser*[4] gonfler le tout. *Pétrir*[5] rapidement la farine, le lait, la levure, le sucre, une pincée de sel, et un œuf. *Jeter*[6]-y les dés de beurre et *mélanger*[7] jusqu'à ce que la pâte devienne bien lisse. *Ajouter*[8]-y les raisins. *Beurrer*[9] généreusement le moule et *remplir*[10]-le de pâte. *Couvrir*[11] d'un torchon et *laisser*[12] la pâte gonfler pendant trois heures.

Préchauffer[13] le four. *Enfourner*[14] et *réduire*[15] immédiatement la température, pour cinquante minutes de cuisson.

Avant de servir, *parsemer*[16] d'amandes effilées, *saupoudrer*[17] de sucre glace et *savourer*[18].

1. .... (5)
2. .... (6)
3. .... (15)
4. .... (6)
5. .... (17)
6. .... (12)
7. .... (14)
8. .... (6)
9. .... (6)
10. .... (17)
11. .... (48)
12. .... (6)
13. .... (6)
14. .... (6)
15. .... (34)
16. .... (13)
17. .... (6)
18. .... (6)

– **Même consigne :**

1. N'*exclure* (26) pas ce joueur ; *avertir* (17) -le seulement ....
2. *Se concentrer* (6) bien et *répondre* (54) précisément à la question ....
3. *Nettoyer* (10) la salle et *jeter* (12) les papiers avant de sortir.....
4. *Achever* (13) ton bonbon et *s'essuyer* (10) bien les mains.........
5. *Résoudre* (55) ce problème facile et *rendre* (54) ta copie au plus vite ....
6. *Sortir* (43) ton carnet pour noter mon numéro et *appeler* (12)-moi demain ....

2. VERBES IRRÉGULIERS

– Conjuguez les verbes à la personne demandée du présent de l'impératif :

1. prendre (nous)............. (52)
2. être (tu)......................... (2)
3. faire (vous) .... (39)
4. savoir (tu).................... (57)
5. avoir (nous) .... (1)
6. vaincre (tu)................ (60)
7. dire (vous) .... (36)
8. aller (tu).................... (19)
9. s'asseoir (vous) .... (20)
10. mettre (tu)................. (44)

SCORE : ....../40

Le subjonctif présent

Rappel : Toutes les formes du mode subjonctif sont précédées de la conjonction de subordination **QUE**.

1. VERBES RÉGULIERS

– Transformez les phrases ci-dessous selon le modèle, afin d'obtenir le présent du subjonctif :

Vous *conduisez*. — Il faut que vous <u>conduisiez</u>.

1. Tu *dors* paisiblement. — Je désire que tu ....(43)
2. Vous *écoutez* les conseils de vos aînés. — Il est souhaitable que vous.............(6)
3. Nous *gardons* espoir. — Il faut que nous ....(6)
4. Elle *réussit*. — Nous souhaitons qu'elle..............(17)
5. Vous *recevez* ce colis. — Je tiens à ce que vous ....(53)
6. Vous *vous octroyez* du temps libre. — Il faudrait que vous ....(10)
7. Tu *connais* cet auteur. — Je voudrais que tu......................(27)
8. Je *résous* cet exercice. — Il faut que je ....(55)

9. Il *se souvient* de toi. Pourvu qu'il ....(62)
10. Nous *concluons*. Il demande que nous..................(26)

2. VERBES IRRÉGULIERS

– Entourez la forme correcte du présent du subjonctif (sans confondre avec le présent de l'indicatif !) :

1. Il faut que *je coude – je couse*. (29)
2. Il faut que *tu fuies – fuis*. (41)
3. Il faut qu'*il puisse – peuve*. (51)
4. Il faut que *nous voyons – voyions*. (65)
5. Il faut qu'*ils croivent – croient*. (31)
6. Il faut que *vous prenniez – preniez*. (52)
7. Il faut que *tu cours – coures*. (30)
8. Il faut que *vous riiez – riez*. (56)
9. Il faut que *j'aye – aille*. (19)
10. Il faut qu'*il ait – aie*. (1)
11. Il faut que *tu soies – sois*. (2)
12. Il faut qu'elle *fasse – face*. (39)

3. BILAN : présent de l'indicatif, de l'impératif ou du subjonctif ?

– Donnez le(s) mode(s) de chacune des formes verbales ci-dessous :

(Attention : ces formes apparaissent ici sans *que* ni pronom personnel sujet) :

1. parcours .... et..............................
   parcoures .... (30)
2. saches...
   sais ....
   sache ....(57)
3. vêts-toi ....
   te vêts ....
   te vêtes ....(63)
4. offre...
   offres .... et...................... (48)
5. va ....
   ailles...
   vas...(19)
6. veuilles ....
   veuille ....
   veux .... et.......................(66)

SCORE : ....../40

Le subjonctif imparfait

Rappel : L'imparfait du subjonctif n'est utilisé que dans la langue soutenue, en concordance avec un temps du passé ou avec le conditionnel. Ses terminaisons sont calquées sur celles du passé simple de l'indicatif.

Ex. je chantai – que je chantasse ; je nourris – que je nourrisse ; je courus – que je courusse...

1. VERBES RÉGULIERS

– Conjuguez les verbes en italique à l'imparfait du subjonctif :

Au Moyen Âge, les grandes pièces des châteaux n'étaient pas bien chauffées. Il fallait donc que l'on *poser*[1] sur le sol des fourrures et que l'on *couvrir*[2] les murs de tapisseries épaisses. Il était aussi nécessaire que l'on *répandre*[3] des herbes, pour masquer les mauvaises odeurs.

Les jours de banquet, le seigneur demandait que les serviteurs *dresser*[4] suffisamment de tables sur des tréteaux, afin qu'il *offrir*[5] tout le confort possible à ses hôtes. Faute de vaisselle, il fallait aussi que les invités *partager*[6] leur écuelle et qu'ils *manger*[7] avec les doigts. C'est pourquoi, à la fin du banquet, il convenait que les serviteurs *venir*[8] avec des aiguières, afin que l'on *se laver*[9] les mains.

Les banquets étant de véritables fêtes, il n'était pas rare, enfin, que la grande salle du château *connaître*[10] les chants des troubadours.

1. ....(6)
2. ....(48)
3. ....(54)
4. ....(6)
5. ....(48)
6. ....(14)
7. ....(14)
8. ....(62)
9. ....(4)
10. ....(27)

2. VERBES IRRÉGULIERS

– Rayez la forme incorrecte de l'imparfait du subjonctif des verbes suivants :

1. asseoir, nous :	*que nous assissions*	ou	*que nous asseyassions*	? (20)
2. voir, il :	*qu'il visse*	ou	*qu'il vît*	? (65)
3. faire, je :	*que je fisse*	ou	*que je fusse*	? (39)
4. devoir, vous :	*que vous devassiez*	ou	*que vous dussiez*	? (35)
5. lire, tu :	*que tu lisses*	ou	*que tu lusses*	? (42)
6. naître, elles :	*qu'elles naquissent*	ou	*qu'elles nacquissent*	? (47)
7. mourir, ils :	*qu'ils mourissent*	ou	*qu'ils mourussent*	? (46)
8. aller, j' :	*que j'allasse*	ou	*que j'alla*	? (19)
9. croire, nous :	*que nous crûssions*	ou	*que nous crussions*	? (31)
10. rire, vous :	*que vous rissiez*	ou	*que vous riissiez*	? (56)

3. BILAN : passé simple de l'indicatif et imparfait du subjonctif

– Conjuguez chaque verbe ci-dessous à la personne demandée des deux modes et temps :

1. falloir, il : .... et ....(40)
2. servir, nous : .... et ....(43)
3. dissoudre, vous : .... et ....(55)
4. parvenir, elles : .... et ....(62)
5. pleuvoir, il : .... et ....(50)
6. diriger, je : .... et ....(14)
7. boire, tu : .... et ....(23)
8. coudre, vous : .... et ....(29)
9. contenir, nous : .... et ....(62)
10. chanter, il : .... et ....(6)

SCORE : ...... /40

II - LES ACCORDS DU PARTICIPE PASSÉ

Rappel : Les règles d'accord des participes passés se trouvent aux pages 14 et 15.

1. Le participe passé employé SEUL

– **Accordez les participes passés des phrases ci-dessous :**

1. J'adore la viande *grillé*..... .
2. *Tamisé*..... , les lumières sont du plus bel effet.
3. Les journées portes *ouvert*..... ont lieu en avril.
4. Le sapin *garni*..... est splendide.
5. Les fruits *cueilli*..... se conservent peu de temps.
6. Les romans et les nouvelles *écrit*..... à cette époque sont les plus émouvants.
7. Ce canard *confit*..... est très moelleux.
8. *Envahi*..... par les eaux, cette zone est menacée.
9. Ce contrôle *réussi*..... fera augmenter vos moyennes.
10. *Ébahi*..... , les garçonnets courent dans la neige.

2. Le participe passé employé avec ÊTRE

– **Entourez la forme correcte du participe passé :**

1. Les cadeaux et les friandises sont soigneusement *emballés* – *emballées*.
2. Zoé et sa mère sont *allées* – *allés* faire des courses.
3. C'est Marie et Nadia qui sont *sortie* – *sorties* par ce temps !
4. Ces tissus et ces étoffes ont été *teints* – *teintes* au Maroc.
5. Ces délicieux menus sont *concoctés* – *concocté* par l'apprenti.
6. Où sont *passées* – *passés* mes ciseaux ?
7. Qu'est *devenu* – *devenue* notre enfance ?
8. Les routes ont été *endommagées* – *endommagée* par les pluies.
9. Les bougies *éteindes* – *éteintes* font de la fumée.
10. Ce sont eux qui sont *partis* – *parties* sans dire au revoir !

3. Le participe passé employé avec AVOIR

– **Accordez les participes passés dans les phrases ci-dessous :**

1. J'ai *repassé*..... les draps que j'ai *sorti*..... de la machine.
2. Les contes qu'elle a *lu*.... l'ont *émerveillé*..... .
3. Les airs que j'ai *entendu*..... chanter étaient baroques.
4. Les raisins étaient savoureux ; j'en ai *acheté*..... trois kilos.
5. Les comédiens que j'ai *vu*..... jouer sont prodigieux.

6. Les tempêtes qu'il y a *eu*..... ont *saccagé*..... ces forêts et les ont *dévasté*..... .

4. BILAN : le participe passé employé SEUL, avec ÊTRE ou avec AVOIR

– Accordez les participes passés des phrases ci-dessous :

1. Tous les amis que tu as *appelé*..... sont *parti*..... en vacances.
2. Les pluies *tombé*..... ces derniers temps ont *aidé*..... les plantations à pousser.
3. Les oiseaux que l'ornithologue a *observé*..... ont *commencé*..... leur migration.
4. Les arbres que j'ai *vu*..... abattre ont été *emmené*..... à la scierie.
5. Les feuilles *jauni*..... que l'enfant a *ramassé*..... ont de jolies couleurs fauves.

Corrigés :

<u>1. Le participe passé employé SEUL</u> : grillée – tamisées – ouvertes – garni – cueillis – écrits – confit – envahie – réussi – ébahis

<u>2. Le participe passé employé avec ÊTRE</u> : emballés – allées – sorties – teints – concoctés – passés – devenue – endommagées – éteintes – partis

<u>3. Le participe passé avec AVOIR</u> : repassé, sortis – lus, émerveillée – entendu – acheté – vus – eu, saccagé, dévastées

<u>4. BILAN</u> : appelés, partis – tombées, aidé – observés, commencé – vu, emmenés – jaunies, ramassées

SCORE : ...... /40

5. Le participe passé des verbes PRONOMINAUX <u>réfléchis</u> ou <u>réciproques</u>

– Accordez les participes passés des phrases ci-dessous :

1. Ils se sont *déplacé*..... lentement.
2. Ces adversaires se sont *battu*..... comme des Titans.
3. Elle s'est *coupé*..... les cheveux.
4. Les amies se sont *parlé*..... hier pendant une heure !
5. Nous nous sommes *préparé*..... une bonne soupe.
6. La limonade qu'elle s'est *servi*..... était verte !
7. Tristan et Iseut se sont *aimé*..... en secret.
8. La comédienne s'est *regardé*..... longuement dans le miroir avant de quitter sa loge.
9. Les nourrissons s'étaient enfin *endormi*..... .
10. Le patineur s'est *tordu*..... la cheville en tombant.

11. Les voisins se sont *dit*..... des amabilités !
12. Les clientes se sont *admiré*..... avant de quitter le salon de coiffure.
13. La vedette s'est *vu*..... tomber en arrière.
14. Ils se sont *échangé*..... leurs coordonnées.
15. Les artistes sont devenus furieux quand ils se sont *vu*..... prendre en photo.

6. Le participe passé des verbes essentiellement PRONOMINAUX ou pronominaux à sens passif

– **Même consigne :**

1. Les étudiants se sont *efforcé*..... de bien travailler.
2. Les portes se sont *ouvert*..... devant les clients impatients.
3. Elle s'est *évanoui*..... en voyant cette scène.
4. Les racines se sont *arraché*..... facilement.
5. Mes grands-parents se sont *souvenu*..... de toi.
6. Ces romans se sont très bien *vendu*..... .
7. Les brigands se sont *enfui*.... à toutes jambes.
8. C'est ici que la bataille s'est *livré*..... .
9. Elle s'est *écrié*..... : « Hourra ! »
10. Les nouvelles se sont *répandu*..... comme une traînée de poudre.

7. BILAN : le participe passé des verbes pronominaux

– **Même consigne :**

1. Ils se sont *reconnu*..... et se sont *souri*..... .
2. Marie s'est *coupé*..... à la jambe.
3. Elles se sont brusquement *tu*..... .
4. Le beau programme que vous vous êtes *concocté*..... !
5. L'erreur qu'il s'est *reproché*..... lui a été fatale.
6. Elle s'est soudain *entendu*..... appeler par son surnom.
7. Ces produits uniques se sont *arraché*..... en une matinée.
8. Les trois chatons se sont *nettoyé*..... scrupuleusement.
9. Les rugbymen se sont *observé*..... longuement avant de s'affronter.
10. Les spectateurs se sont *emparé*..... de ces places.
11. Pour une fois, elle s'est *abstenu*..... de parler.
12. Les candidats se sont *succédé*..... sur l'estrade.
13. Les amis se sont *confié*..... leurs plus grands secrets.
14. Et elle s'est alors *entendu*..... prononcer un mot qu'elle a regretté depuis.

Corrigés

5. Le participe passé des verbes pronominaux réfléchis ou réciproques : déplacés – battus – coupé – parlé – préparé – servie –

aimés – regardée – endormis – tordu – dit – admirées – vue – échangé – vu

<u>6. Le participe passé des verbes essentiellement pronominaux ou pronominaux à sens passif</u> : efforcés – ouvertes – évanouie – arrachées – souvenus – vendus – enfuis – livrée – écriée – répandues

<u>7. BILAN</u> : reconnus, souri – coupée – tues – concocté – reprochée – entendu – arrachés – nettoyés – observés – emparés – abstenue – succédé – confié – entendue

SCORE : ...... /40

III - LES TEMPS COMPOSÉS

Rappel : Les temps composés présentent une action accomplie, antérieure à une autre, conjuguée à un temps simple.

L'indicatif passé composé

– En suivant le modèle ci-dessous, conjuguez les formes verbales au passé composé :

Le technicien *intervient* rapidement.	Le technicien <u>*est intervenu*</u> rapidement.
1. Le café chaud *dissout* le sucre.	Le café chaud .... (55)
2. L'agneau *naît* au printemps.	L'agneau .... (47)
3. Tu *te baignes* dans cette eau !	Tu .... (4)
4. Ma petite nièce *croit* encore au Père Noël.	Ma petite nièce .... (31)
5. Cet artiste *conquiert* son public.	Cet artiste .... (28)
6. Cet homme *connaît* ce poème par cœur.	Cet homme .... (27)
7. Nous *soumettons* cette idée au groupe.	Nous .... (44)
8. Marie et toi *cuisez* le poulet au four.	Marie et toi .... (34)
9. Les étudiants *doivent* encore patienter.	Les étudiants .... (35)
10. Vous *vous asseyez* en silence.	Vous............................... (20)
11. Tu *maudis* ta malchance.	Tu .... (36)
12. Les stagiaires *acquièrent* de l'expérience.	Les stagiaires .... (28)
13. Ses récits *sont aimés* de tous.	Ses récits .... (3)
14. Vous *défendez* votre point de vue.	Vous............................... (54)
15. Tu *te joins* à nous pour l'occasion.	Tu .... (21)
16. Le paresseux *se meut* avec lenteur.	Le paresseux.................... (38)
17. Vous *vainquez* votre peur du vide.	Vous............................... (60)
18. Je *meurs* de faim.	Je .... (46)

19. Les canadairs *éteignent* le feu.	Les canadairs	(21)
20. Toi et moi *envisageons* de partir.	Toi et moi..........................	(14)

L'indicatif plus-que-parfait

– Conjuguez les verbes soulignés à l'imparfait de l'indicatif et ceux en italique au plus-que-parfait :

1. Il <u>prendre</u> son goûter dès qu'il *finir* ses exercices. ....
2. J' *comprendre* que la situation n' <u>avoir</u> plus d'importance. ....
3. Les infirmières qui *s'occuper* des blessés *s'endormir* ; le silence <u>régner</u> alors dans la salle. ....
4. Tu ne *se poser* aucune question ; tu <u>connaître</u> déjà la réponse. ....
5. Vous *attendre* de ses nouvelles ; comme aucune ne *venir*, vous *se décider* à lui écrire. ....
6. Comme vos amis n' <u>arriver</u> pas, vous *commander* un taxi et *partir* ....
7. Nous *traverser* les champs et *parcourir* deux kilomètres ; à présent, l'auberge <u>apparaître</u> à l'orée du bois. ....
8. Robinson <u>construire</u> son radeau avec des rondins qu'il *couper*. ....

Corrigé :
1. prenait, avait fini – 2. avais compris, avait – 3. s'étaient occupées, s'étaient endormies, régnait – 4. t'étais posé, connaissais – 5. aviez attendu, était venue, vous vous étiez décidés – 6. arrivaient, aviez commandé, étiez partis/es – 7. avions traversé, avions parcouru, apparaissait – 8. construisait, avait coupés

SCORE : ...... /40

L'indicatif passé antérieur

– Conjuguez les verbes soulignés au passé simple de l'indicatif et ceux en italique au passé antérieur :

1. Quand il *appeler* en vain, il <u>se diriger</u> vers l'entrée de la ferme. ....
2. Le médecin <u>enlever</u> le plâtre quand l'os *ressouder* (VP). ....
3. Vous <u>ranger</u> votre matériel lorsque vous *finir* vos travaux. ....
4. Je <u>corriger</u> mon erreur dès que je la *découvrir*. ....
5. Lorsque tu *atteindre* l'âge légal pour le conduire, tu <u>s'acheter</u> un scooter. ....

6. Les chiens <u>se calmer</u> quand leur maîtresse leur *apporter* leur écuelle. ....

7. Lorsque nous *comprendre* la situation et que nous *faire* le tour de la question, nous <u>prendre</u> une décision. ....

L'indicatif futur antérieur

– En suivant le modèle ci-dessous, conjuguez les formes verbales au futur antérieur :

Le candidat *répondra* rapidement.	Le candidat <u>*aura répondu*</u> rapidement.
1. Les volcans *entreront* en éruption.	Les volcans ....
2. Le Gulf Stream *réchauffera* les océans.	Le Gulf Stream ....
3. Vous *vous enverrez* une carte de vœux.	Vous....................................
4. Nous *boirons* un chocolat chaud.	Nous ....
5. Tu *acquerras* de l'expérience.	Tu......................................
6. Les plantations *croîtront* considérablement.	Les plantations ....
7. La cantatrice *reprendra* cet air.	La cantatrice.........................
8. Ces vers ? Ils les *écriront*.	Ces vers ? Ils les ....
9. Ces propositions *seront rejetées*.	Ces propositions ....
10. Vous *permettrez* cet écart.	Vous....................................
11. Tu *maudiras* ta malchance.	Tu......................................
12. Papa *servira* le potage.	Papa..................................
13. Ses progrès *seront enviés*.	Ses progrès..........................
14. Quel âge *auras*-tu cette année ?	Quel âge.............................
15. Mon frère et moi *fêterons* l'événement.	Mon frère et moi ....

– Conjuguez le verbe en italique au passé antérieur ou au futur antérieur, selon le sens :

1. Quand la montgolfière *se poser*, les passagers applaudiront. ...
2. Dès que les participants *aligner*, la course commença. ....
3. Le capitaine leva l'ancre quand la tempête *se calmer*. ....
4. Quand ils *atteindre* le sommet, ils se reposèrent. ....
5. Aussitôt que tu *récupérer*, tu reprendras ton activité. ....
6. Je regrettai ma réaction dès que j'*avoir* claqué la porte. ....

7. Lorsque vous *sortir*, je parlerai librement. ....
8. Lorsque vous *sortir*, je parlai librement. ....
9. Demain, nous *grandir* et nous *oublier* tout. ....

Corrigés :
<u>Passé antérieur</u> : 1. eut appelé, se dirigea – 2. enleva, eut été ressoudé – 3. rangeâtes, eûtes fini – 4. corrigeai, eus découverte – 5. eus atteint, t'achetas – 6. se calmèrent, eut apporté – 7. eûmes compris, eûmes fait, prîmes
<u>Futur antérieur</u> : 1. seront entrés – 2. aura réchauffé – 3. serez envoyé – 4. aurons bu – 5. auras acquis – 6. auront crû – 7. aura repris – 8. auront écrits – 9. auront été rejetées (voix passive) – 10. aurez permis – 11. auras maudit – 12. aura servi – 13. auront été enviés (voix passive) – 14. auras-tu eu – 15. aurons fêté
<u>Passé antérieur ou futur antérieur</u> : 1. se sera posée – 2. furent alignés – 3. se fut calmée – 4. eurent atteint – 5. auras récupéré – 6. eus eu – 7. serez sortis/es – 8. fûtes sortis/es – 9. aurons grandi, aurons oublié

SCORE : ...... /40

Le conditionnel passé

Rappel : Les formes du conditionnel passé 2e forme sont identiques à celles du plus-que-parfait du subjonctif.

– **Conjuguez les verbes entre parenthèses au plus-que-parfait de l'indicatif et ceux en italique au conditionnel passé :**

1. Je *se perdre* si tu ne m' (attendre) pas.	Je........... si tu ne m'........... pas.
2. S'il (accélérer), le cycliste *gagner*.	S'il..........., le cycliste..............
3. Si nous (revoir) la leçon, nous *comprendre*.	Si nous...........la leçon, nous............
4. Vous *être* furieux si vous (savoir) cela !	Vous........... si vous........... cela !
5. Si tu (être) à sa place, tu *réagir* comme elle.	Si tu........... à sa place, tu............... comme elle.
6. S'ils (entendre) ton appel, ils *venir*.	S'ils........... ton appel, ils........... .
7. Si tu ne l' (aider) pas, elle *tomber* !	Si........... pas, elle...........!
8. Vous *sortir*, s'il (faire) meilleur.	Vous........... s'il........... meilleur.

9. Elle *se nettoyer*, si elle (se salir).	Elle............, si elle............ .
10. Si nous (vouloir), nous *pouvoir* l'avoir.	Si nous............, nous............ l'avoir.

– Conjuguez les verbes en italique au conditionnel passé ou au futur antérieur, selon le sens :

1. Les hirondelles arriveront quand les frimas *finir*. ....
2. Tu lui *offrir* un cadeau si tu avais su qu'elle fêtait son anniversaire. ....
3. Si vous aviez été sur le pont, vous *voir* les dauphins..............
4. Vu leur rapidité, ils *lire* le roman entier quand tu le commenceras !...
5. Elle *devenir* cantatrice si elle avait eu du talent. ....
6. Si nous avions cru bon de le faire, nous *passer* à l'action. ......
7. Vous aurez un peu d'argent de poche quand vous *vendre* ces antiquités. ....
8. Quand tu passeras le brevet, tu *recevoir* une très bonne préparation. ....
9. Sans ce leurre, aucun poisson ne *mordre* à l'hameçon. ....
10. Quand vous arriverez, je *préparer* déjà tout. ....

L'impératif passé

– Conjuguez les verbes à la personne demandée de l'impératif passé :

1. *venir*, tu	4. *soumettre*, vous ....
2. *résoudre*, vous	5. *entrer*, nous ....
3. *moudre*, nous	6. *joindre*, tu ....

– Entourez la forme qui est conjuguée à l'impératif passé :

1. *ait fait – ai fait – aies fait – aie fait* (39)
2. *aurions pris – aient pris – ayons pris – avons pris* (52)
3. *soyez venues – êtes venues – serez venues – fûtes venues* (62)
4. *aurions su – avions su – ayons su – avons su* (57)

Corrigés :
Conditionnel passé : 1. me serais perdu/e, avais attendu/e – 2. avait accéléré, aurait gagné – 3. avions revu, aurions compris – 4. auriez été, aviez su – 5. avais été, aurais réagi – 6. avaient entendu, seraient venus – 7. avais aidée, serait tombée – 8. seriez

sortis/es, avait fait – 9. se serait nettoyée, s'était salie – 10. avions voulu, aurions pu.
Conditionnel passé ou futur antérieur : 1. seront finis – 2. aurais offert – 3. auriez vu – 4. auront lu – 5. serait devenue – 6. serions passés/es – 7. aurez vendu – 8. auras reçu – 9. aurait mordu – 10. aurai préparé
Impératif passé : 1. sois venu/e – 2. ayez résolu – 3. ayons moulu – 4. ayez soumis – 5. soyons entrés/es – 6. aie joint
1. aie fait - 2. ayons pris – soyez venues – 4. ayons su

SCORE : ...... /40

Le subjonctif passé

– Conjuguez les verbes en italique au passé du subjonctif :

1. Il faut qu'ils *être* bien fatigués pour dormir d'un sommeil si profond ! ....
2. C'est la seule mauvaise note que tu *avoir* jamais..................
3. Je crains qu'ils *se perdre* pour ne pas être là à cette heure. .....
4. Tu n'es pas sûre qu'elle *recevoir* ta lettre ? ....
5. Les trois chapitres suivants, il serait bon que vous les *écrire* pour jeudi. ....
6. Il faut que vous *naître* au siècle dernier pour avoir vécu cela ! ..
7. Il serait bon que j'*obtenir* votre accord pour avancer sur ce sujet. ....
8. Nous fîmes des efforts jusqu'à ce que nous *atteindre* notre but. ....
9. Il est regrettable que vous *clore* le débat aussi vite. ....
10. Avant que tu *se mettre* en colère, on t'a résumé leur version des faits. ....

Le subjonctif plus-que-parfait

Rappel : Le plus-que-parfait du subjonctif n'est utilisé que dans la langue soutenue, en concordance avec un temps du passé ou avec le conditionnel. Attention à ne pas le confondre avec le passé antérieur de l'indicatif.

– Conjuguez les verbes en italique au plus-que-parfait du subjonctif :

1. Il fut satisfait que son équipe *gagner*. ....
2. C'était la seule capitale qu'ils ne pas *visiter*.........................

3. Il aurait fallu que vous *répéter* inlassablement vos répliques. ....
4. J'ai été heureuse que tu *remporter* ce concours.....................
5. Elle répondit avant même que nous ne l'*appeler*...................
6. Il aurait été préférable que tu *prendre* le train plus tôt. ....
7. Tu regrettas qu'elle ne *pouvoir* assister à cette réunion. ....
8. Qu'elles *sortir* avant qu'il n'entrât en scène ! ....
9. Il était primordial qu'il *pleuvoir* pour que la récolte fût sauvée...
10. Il aurait été bon que vous *choisir* le parcours le plus aisé. ....

– Conjuguez les verbes soulignés au passé simple de l'indicatif et ceux en italique au passé antérieur ou au plus-que-parfait du subjonctif :

1. Dès que tous les invités *arriver*, ils passer à table. ....
2. Il lancer le bolide quand le commissaire de l'épreuve *donner* le signal..
3. Avant que vous la *reconnaître*, il falloir un certain temps. ....
4. Lorsque tu *comprendre* qu'elle ne viendrait pas, tu partir. ....
5. Nous insister jusqu'à ce que vous *accepter* notre offre. ....
6. Je ne être pas rassurée tant qu'ils ne m'*appeler*. ....
7. Encore eût-il fallu qu'ils le *savoir*. ....
8. Elle quitter le collège lorsque tous les parents *passer* la voir. ....
9. Que vous *échouer* être totalement invraisemblable................
10. Dès que je *sonner*, la porte s'ouvrir violemment et une tête hirsute apparaître. ....

Corrigé :

Subjonctif passé : 1. aient été – 2. aies eue – 3. se soient perdus – 4. ait reçu – 5. ayez écrits – 6. soyez nés/es – 7. aie obtenu – 8. ayons atteint – 9. ayez clos – 10. sois mis/e

Subjonctif plus-que-parfait : 1. eût gagné – 2. n'eussent pas visitée – 3. eussiez répété – 4. eusses remporté – 5. eussions appelée – 6. eusses pris – 7. n'eût pu – 8. fussent sorties – 9. eût plu – 10. eussiez choisi

Passé antérieur ou subjonctif plus-que-parfait : 1. furent arrivés, passèrent – 2. lança, eut donné – 3. l'eussiez reconnue, fallut – 4. eus compris, partis – 5. insistâmes, eussiez accepté – 6. fus, m'eurent appelée – 7. eussent su – 8. quitta, furent passés – 9. eussiez échoué, fut – 10. eus sonné, s'ouvrit, apparut.

SCORE : ...... /40

IV - LES VALEURS DES MODES ET DES TEMPS

Rappel : Les précisions sur les valeurs des modes et des temps se trouvent aux pages 10 à 14.

– **Identifiez le mode et le temps de chaque forme verbale en italique (1 point) et précisez ensuite sa valeur (1 point) :**

Indicatif et conditionnel :

Pendant des années, tous les dimanches, elle *achetait*[1] un bouquet de fleurs et *rendait*[1] visite à son ancienne institutrice. Cette dernière lui *avait appris*[2] à lire. Elle *commença*[3] à s'inquiéter, quand elle *eut sonné*[4] à trois reprises sans succès.

Ils *se marieront*[5] l'année prochaine en secret. Si tu ne peux te taire, au moins, tu *feras*[6] semblant de ne rien savoir.

À cette époque, elle ne savait pas qu'elle *deviendrait*[7] un des plus éminents scientifiques du pays. Si elle l'avait pu, elle *aurait* même *préparé*[8] une formation complémentaire en géologie. Aujourd'hui à la retraite, elle *recommencerait*[9], s'il le fallait.

« Les Bleus *ont*-ils *gagné*[10], hier ?

– Oui... Mais le match a été très serré. Et puis, à la 89e minute, le numéro 9 *fait*[11] une passe à l'attaquant de pointe, qui *contourne*[11] le dernier défenseur, *s'avance*[11] vers le gardien de but et *envoie*[11] le ballon au fond des filets ! Il s'en *est* vraiment *fallu*[10] de peu ! »

Je vous *dicte*[12] le théorème de Pythagore, et nous *faisons*[13] ensuite des exercices d'application : « Le carré de l'hypoténuse d'un triangle rectangle *égale*[14] la somme des carrés des deux autres côtés. »

Impératif

Ne *sois*[15] pas ridicule. Il gèle. *Prends*[16] ton bonnet, même si tu trouves qu'il ne te va pas... Et *sois rentré*[17] pour le dîner, s'il te plaît.

Subjonctif

Vous n'étiez pas certains que le concert *eût*[18] lieu à New York. Mais à présent, il faut que vous *réserviez*[19] vos places au plus vite. L'année dernière, c'est le plus beau spectacle que j'*aie vu*[20].

1.	11. ....
2.	12. ....
3.	13. ....
4.	14. ....
5.	15. ....
6.	16. ....
7.	17. ....
8.	18. ....
9.	19. ....
10.	20. ....

Corrigés :

Indicatif et conditionnel : 1. imparfait : action habituelle et secondaire par rapport au passé simple *commença* – 2. plus-que-parfait : antériorité par rapport à l'imparfait – 3. passé simple : fait essentiel par rapport à l'imparfait et passé révolu – 4. passé antérieur : antériorité par rapport au passé simple – 5. futur simple : action à venir et certaine – 6. futur simple : hypothèse avec le présent et valeur de l'impératif – 7. conditionnel présent : futur du passé, avec l'imparfait *savait* – 8. conditionnel passé : hypothèse avec le plus-que-parfait *avait pu* et action irréelle dans le passé – 9. conditionnel présent : hypothèse avec l'imparfait et action imaginaire – 10. passé composé : passé proche – 11. présent de narration – 12. présent d'énonciation – 13. présent : futur immédiat – 14. présent de vérité générale

Impératif : 15. impératif présent : ordre – 16. impératif présent : conseil – 17. impératif passé : demande et antériorité

Subjonctif : 18. subjonctif imparfait : doute et concordance avec l'imparfait (*n'étiez pas certains*) – 19. subjonctif présent : obligation et concordance avec le présent (*il faut*) – 20. subjonctif passé : restriction (*le plus*) et antériorité

SCORE : ....../40

- 4 -

Répertoire des verbes courants

Ce répertoire des verbes courants nous indique à quel tableau se reporter afin de conjuguer chaque verbe.
(N.B. Le *s'* ou *se* entre parenthèses après le verbe signale que celui-ci est toujours pronominal.)

a

b

c

e

q

r

retenir 62
retentir 17
retirer 6
rétorquer 6
retourner 6
rétrécir 17
rétrograder 6
retrousser 6
retrouver 6
réunir 17
réussir 17
revaloir 61
réveiller 6
révéler 16
revendiquer 6
revenir 62
rêver 6
revêtir 63
revivre 64
revoir 65
révolter 6
révolutionner 6
révulser 6
rider 6
rigoler 6
rimer 6
rincer 5
rire 56
risquer 6
rogner 6
rompre 54
ronfler 6
ronger 14
ronronner 6
roter 6
rôtir 17
rougir 17
rouiller 6
rouler 6
ruer 6
rugir 17
ruiner 6
ruminer 6
ruser 6
rythmer 6

S

sabler 6
saboter 6
sabrer 6
saccager 14
sacraliser 6
sacrer 6
sacrifier 9
saigner 6
saisir 17
saler 6
salir 17
saluer 6
sanctionner 6
sangloter 6
saouler 6
satisfaire 39
saturer 6
saucer 5
sauter 6
sauvegarder 6
sauver 6
savoir 57
savonner 6
savourer 6
scandaliser 6
sceller 6
scier 9
scinder 6
scotcher 6
sculpter 6
sécher 16
secouer 6
secourir 30
séduire 34
séjourner 6
sélectionner 6
sembler 6
sensibiliser 6
sentir 43
séparer 6
sermonner 6
serrer 6
servir 43
sevrer 6
siéger .... 14+16
siffler 6
signaler 6
signer 6
signifier 9
simplifier 9
simuler 6
singulariser 6
situer 6
skier 9
soigner 6
solder 6
solliciter 6
somatiser 6
sombrer 6
sonder 6
songer 14
sonner 6
sortir 43
soucier 9
souder 6
souffler 6
souffrir 48
souhaiter 6
soulager 14
soulever 13
souligner 6
soumettre 44
soupçonner 6
soupeser 13
soupirer 6
sourire 56
souscrire 37
soustraire 31
soutenir 62
souvenir 62
spécialiser 6
spécifier 9
spéculer 6
stagner 6
stationner 6
statuer 6
stimuler 6
stopper 6
stresser 6
structurer 6
subir 17
sublimer 6
submerger 14
subsister 6
substituer 6
subvenir 62
succéder 16
sucer 5
suer 6
suffire 58
suggérer 16
suicider *(se)* 6
suivre 59
suppléer 7
supplier 9
supporter 6
supposer 6
supprimer 6
surestimer 6
surfer 6

Librio

470
Composition PCA
Achevé d'imprimer en Italie par Grafica Veneta
en août 2015 pour le compte de E.J.L.
87, quai Panhard-et-Levassor, 75013 Paris

EAN 9782290099049
OTP L21ELLN000636B002
Dépôt légal août 2014

1er dépôt légal dans la collection : février 2011.

Diffusion France et étranger : Flammarion